木荷与薇叶

陈光明　禄桑　主编
陈艳明　田荣美　转译
李光平　创意翻译

图书在版编目 (CIP) 数据

木荷与薇叶 : 汉文、彝文 / 陈艳明, 田荣美转译 ; 李光平创意翻译 . -- 贵阳 : 贵州民族出版社, 2023.11

（彝族经典叙事长诗系列 / 陈光明, 禄桑主编）

ISBN 978-7-5412-2814-8

Ⅰ. ①木… Ⅱ. ①陈… ②田… ③李… Ⅲ. ①彝族 - 叙事诗 - 中国 - 古代 - 彝、汉 Ⅳ. ① I222

中国国家版本馆 CIP 数据核字 (2023) 第 184137 号

彝族经典叙事长诗系列

YIZU JINGDIAN XUSHI CHANGSHI XILIE

木荷与薇叶

MUHE YU WEIYE

主　　编: 陈光明　禄　桑

转　　译: 陈艳明　田荣美

创意翻译: 李光平

出版发行: 贵州民族出版社

地　　址: 贵州省贵阳市观山湖区会展东路贵州出版集团大楼

印　　刷: 贵阳精彩数字印刷有限公司

开　　本: 889 mm × 1194 mm　1/16

字　　数: 200 千字

印　　张: 12.5

版　　次: 2023 年 11 月第 1 版

印　　次: 2023 年 11 月第 1 次印刷

书　　号: ISBN 978-7-5412-2814-8

定　　价: 80.00 元

民族文字出版专项资金资助项目
贵州出版集团有限公司出版专项资金资助项目

编委会

出版  说明

彝族叙事长诗是彝族先民在长期的生产生活中不断传承创新的精神财富，是伴随着彝族的繁衍、发展而逐步丰富起来的文化瑰宝，反映了彝族的信仰、信念、情感和愿景，展现了彝族人民在文学艺术上独特而丰富的想象力和创造力，极具思想性、艺术性和文学性。

“彝族经典叙事长诗系列”第二辑（10种）由贵州民族出版社独立策划，是国家“民族文字出版专项资金”“贵州出版集团有限公司出版专项资金”重点资助项目。“彝族经典叙事长诗系列”第二辑选取贵州、云南、四川等地具有较强生命力和感染力、思想性和艺术性俱佳的珍贵彝族叙事长诗进行翻译。这些叙事长诗大都有彝文古籍传抄本或以彝语传唱，甚至以故事的形式流传。我们优中选优，对具有较大影响力的10部长诗进行转译和创意翻译，使其更具可读性和丰富感。由于选取的长诗涉及面广，因而作以下四点说明：

一是关于版本。长诗既有以彝文记录保存下来的文本，也有民间收集整理的口传文学经典。内容主要为婚恋、爱情故事，其中有对真挚爱情的执着追求、有对买卖婚姻的控诉、有对强权势力的斗争、有对传统等级婚姻制度的反抗等。长诗同一作品流传的版本较多，在遴选过程中，我们从彝族的历史风貌、文化特征和社会生活出发，对作品进行认真筛选，选用脉络清晰、结构完整、

语句流畅的版本作为翻译蓝本。

二是关于翻译。彝族民间文学体现的是彝族独特的语言艺术，彝族叙事长诗是彝族民间文学中较为精华的一部分。一方面，长诗统一采用彝语东部方言进行展现；另一方面，我们约请了一批热爱彝族文化、活跃在诗坛的诗人，在彝文汉译的基础上进行创意翻译。诗人们在忠于原作的基础上合理想象、二次创作，结合即事抒情与即景抒情，既准确表达内容，充分表现彝族经典叙事长诗的语言艺术之美，又尽量保持作品的历史风貌、地域文化特征和民族特色，保留原汁原味的彝族地名、人名、物名等彝族文化概念，尽可能展现彝族社会生活、历史印记、思想感情等信息，为不识彝文的广大读者和众多研究者提供一个文辞畅达又易于理解的文本。

三是关于体例。本丛书采用先呈现汉文创意翻译文本，再呈现彝文转译文本的形式出版，创新和丰富了彝文经典图书的出版形式。为缩小各本书之间的印张差距，将篇幅不大的叙事长诗合为一册出版，以其中的一部长诗名作为书名。例如《一双彩虹》包括《一双彩虹》和《美丽的彩虹》两部长诗，《妈妈的女儿》包括《妈妈的女儿》和《阿嫫妞牛》两部长诗。

四是关于注释。由于文化的差异性，彝语里的有些词汇在汉语里无法找到对应的词语进行解释，这类词汇我们采用音译的方式呈现。而一些可以通过上下文就能理解词义的词汇，我们不再作出解释。

“彝族经典叙事长诗系列”第二辑是在总结经验的基础上继续实施的一项民族文化出版工程，对保护好、传承好、发展好民族优秀传统文化，进一步增强民族文化自信自强具有积极意义。在选编过程中，若有缺憾与不足，望读者批评指正。我们期待更多的彝族文学爱好者传承经典、深度挖掘，推动彝族文学铺展精彩华章，绘就新时代的多彩文化画卷。

“彝族经典叙事长诗系列”编委会

2023 年 9 月

目  录

创意翻译 木荷与薇叶

彝文转译

创意翻译

木荷与薇叶

序歌

在很久很久以前，

天和地连成一片。

无垠的宇宙就像一个蛋壳，

把清浊二气紧紧包在里面。

清气里没有日月星辰，

浊气里没有黑夜白天。

宇宙昏昏沉沉混沌不清，

世界茫茫无序万物不见。

直到那年那月那天，

宇宙转眼发生了巨变。

一个叫策举祖的伟大天神，

向宇宙的蛋壳挥动神鞭。

策举祖的神鞭把蛋壳打碎，

清浊二气从蛋壳溢到外面。
浊气缓缓下沉变成地，
清气喷薄升起形成天。

天高九层有日月星辰，
地阔万里有河流山川。
策举祖开天辟地创造万物，
他在天地间统管各路神仙。

策举祖派来男女二人，
在广阔的大地上传下人烟。
随后又在大地上创造万物，
世界天天向美好未来改变。

传说天是子年生，
传说地是丑年生，
传说寅年才有了人烟。
人们以天干地支作为纪年，
十天干十二地支无穷演变。

地上有无边的大海，
大海看去是白茫茫的一片；
地上有青翠的高山，
高山上有树木蔽日遮天。

春来百花盛开，
夏临绿荫满园，
秋至瓜果飘香，
冬到雪花满天。

年轮不停运转，
江河不停向前；
朝代不断更替，
留下故事万千。

人间的季节有春夏秋冬，
人类的日子有贫富贵贱。
不同人生形成不同故事，
人间悲剧喜剧不断上演。

木荷与薇叶的爱情故事，
让多少有情人湿透双眼。
布摩把他们的故事写入经书，
在彝山流传了百年千年。

两家求子

相传很久很久以前，
湖高是一个美丽的地方。
湖高的山势龙盘虎踞，
湖高的流水九曲回环。

湖高有一个古城，
名字叫作新彰。
新彰城里有许多故事，
《木荷和薇叶》是精彩的一段。

新彰城里住着祖摩阿纪君长，
祖摩阿纪君长管理着彝家地方。
他家的土地非常宽广，
再快的马儿十天也难跑完。

帕米坝子是他家的牧场，

格佐梁子是他家的屏障。
他家银子多如山上的岩石，
他家珍珠装满九十九个金仓。

祖摩阿纪君长在新彰建有九重衙门，
他的衙门就像皇宫一样。
祖摩阿纪的衙门里有两个高官，
一个姓木，一个姓张。

姓木的高官是祖摩阿纪家的摩史，
他为祖摩阿纪起草诏令撰写文章；
姓张的高官是祖摩阿纪家的穆濯，
他为祖摩阿纪管理财政统领百官。

摩史的职责近似朝廷的翰林，
故有人也会以“翰林”之称为其命名；
穆濯的职责近似朝廷的户部尚书，
因此也有人用“尚书”之名来尊称他。

祖摩阿纪对穆濯和摩史十分信任，
他们在新彰城威风八面名震四方。
衙门中的高官任由他们升降任免，
新彰的百姓为他们交赋纳粮。

他们的权势多么显赫，

他们的仕途多么通畅。

他们的财富越来越多，

他们的威望天天增长。

他们在新彰建有高大的府邸，

他们的府邸有三重厅堂。

他们门口的石狮用玉石雕琢，

他们家的楼宇金光闪闪。

张穆濯木摩史同府为官相互走访。

他们经常相互请客并共赏奇文。

他们经常在家中大宴宾客，

桌上摆满山珍海味玉液琼浆。

他们家的宾客吃厌了鸡鹅鸭肉，

他们的夫人穿厌了绫罗绸缎。

百姓看他们要啥有啥百般羡慕，

怎知张穆濯和木摩史也有自己的忧伤。

他们都年近四十还无一男半女，

每念及此他们便吃不下山珍海味，

喝不下玉液琼浆。

木摩史和张穆濯时常诉说心事，

每谈及此他们总会声声叹息。
都说他们虽已享尽荣华富贵，
但他们为官也从未有过害人之心。

老天爷为何只给他们富贵不给儿女？
莫不是他们两家这血脉就要断根？
莫不是他们祖上当官时做了恶事？
莫不是他们得罪了祖宗神灵？

他们相约向祖摩阿纪请了三个月事假，
他们一起到四面八方拜求神灵。
只要祖宗神灵保佑他们有个一男半女，
他们愿奉献金银修建神殿庙堂。

他们骑着快马来到东方，
他们坐着轿子去到西方，
他们带着金子来到南方，
他们带着银子去到北方。

他们来到策举祖的神殿，
他们来到恒度府的道场。
他们拜了铺仇叩的神像，
他们向蒙皮耐烧了高香。

他们到哪里都跪到神像之前，
嘴里说着诉求，手里捧着高香。
他们向神灵陈述自己的经历，
他们向神灵诉说心中的悲伤。

他们都是祖摩阿纪手下的高官，
为功名经历十年寒窗读尽天下诗书。
祖宗神灵护佑让他们得到荣华富贵，
君恩浩荡让他们成了祖摩家的栋梁。

他们还来到彝族圣山洛尼山上，
洛尼山是笃慕避洪水的地方。
洛尼山上有几十上百种索玛花，
洛尼山上有祖先笃慕的天然圣像。

他们在索玛花前供上三牲，
他们在笃慕的圣像前烧了高香。
他们向祖宗神灵奠上美酒献上佳肴，
他们向彝族先祖诉说心中的悲伤。

他们还在神灵前许下誓愿，
他们要把两家的情谊世代相传。
如果祖宗保佑他们两家都有了儿子，
就让他们同窗读书同朝为官；

如果祖宗让他们两家都生了女儿，
就让她们一起挑花绣朵情如姊妹；
如果他们两家生的分别是少爷小姐，
就让他们两家儿女喜结良缘。

他们拜完各路神灵回到新彰古城，
依旧尽心尽力各自为官。
只是他们的心情已好了许多，
相信神灵不会让他们老来孤单。

天师巡访

至尊的策举祖坐在九重天上，
他统管着天上人间的祸福吉祥。
那日他喝了三杯仙桃酿成的玉液美酒，
感觉到耳根子有阵阵发热发烫。

耳根子发热发烫是有人在说自己的闲话，
莫不是人间有什么事情要他帮忙？
他传令叫来主管福禄寿喜的天师，
叫他到人间去把详情细细查访。

天师他驾着五彩祥云，
从九重天缓缓飞到大地之上。
他看到人间处处是青山绿水，
他看到世界处处是鸟语花香。

看到这绿水悠悠山花烂漫，

老天师不由得发出一声感叹。
他感叹这世间景致其实胜过仙界，
怪不得许多仙女都想偷偷下凡。

老天师来到一个村庄，
只见这村庄里一派和谐安康，
看家的狗儿在门前打盹，
筑巢的喜鹊在枝头欢唱。

他来到村前的田野，
有几个农夫正在田里插秧。
天师化身为教书先生模样，
与那栽秧的农夫漫话家常。

他问这一方四季气候怎样，
是不是常遇到水灾和干旱。
老农说感谢策举祖在天上护佑，
这一方五谷丰登、六畜兴旺。

老天师又来到一个做面条的作坊，
作坊里有几个师傅和一位老板娘。
天师化身成买面条的客人模样，
买了两斤面条后与老板娘攀谈。

他问老板娘生意是否兴隆，
他还问老板家里是否安康。
老板娘说多谢策举祖天上保佑，
自家近年来生意兴隆合家吉祥。

老天师随后来到一个学堂，
先生正在教学生背诵诗歌。
天师又变身成个秀才模样，
说有话要与先生慢慢攀谈。

先生为他泡好一壶好茶，
问秀才有何事要与他详谈。
秀才说他也想办个学校传道授业，
想问问教书先生的日子过得怎样。

先生喝口香茶清了嗓子，
说最好的职业莫过于教书一行。
天干地旱不需为衣食担忧，
策举祖保佑他们有学米束脩保障。

老天师辞别先生后驾着祥云，
来到新彰城找个官员把心事访谈。
他来到古色古香的木摩史府邸，
木摩史的府邸宽敞明亮十分豪华。

老天师变成一个彝家布摩的模样，
告诉门房有要事拜访木摩史。
木摩史那日正好赋闲在家，
在后花园里与张穆濯漫话忧伤。

他们听说来了个布摩，
便想到这先生定是来自家乡。
他们叫家人摆好香茶点心，
亲自到门外把天师迎进客房。

天师见两位高官亲自来迎，
他嘴上不说，心中暗暗高兴。
摩史与穆濯都是彝人脾气，
有礼有节地对待布摩。

他们请天师到大堂坐定，
手捧香茶奉给布摩。
他们说布摩是彝家尊贵之客，
今日到寒舍不知有何事情。

天师说他受家乡之托前来拜访，
问他们在新彰城为官是否开心。
摩史与穆濯听到布摩这般询问，

双双不由得沉吟半晌长叹一声。

都说祖摩阿纪对他们为官之道十分信任，
让他们在王府为官步步高升。
只是有一事让他们心情十分郁闷，
他们两人都年近四十还没有一儿半女。

天师他听罢说出宽心话语，
叫他们不要郁闷不要操心。
只要你们为官心忧天下善待百姓，
策举祖会保佑你们香火不断。

天师他说罢就要告别出门，
摩史和穆濯留他吃饭共饮一杯。
摩史说已吩咐家人摆下宴席，
宴席上有新彰美味彝乡山珍。

布摩怎么说都不肯留下吃饭，
还告诫他们不要奢华铺张。
他们便送给布摩纹银百两，
然后把布摩送出府邸大门。

天君的使者完成人间调查，
驾起五彩祥云返回天庭。

他向策举祖报告了所见所闻，
策举祖脸上飞起一片彩云。

既然人间五谷丰登六畜兴旺，
他不再为下界百姓费心劳神。
却对张穆濯木摩史动了恻隐之心，
让天师选两个星宿到他们家投胎。

下凡投生

投胎到木摩史家的是答腊星君，
他在天上的地位只是个普通神仙。
天君让他投胎到木摩史家做少爷，
到人间他也算是个体面之人。

投胎到张穆濯家的是丽萨星君，
她是天君府里的使女出身。
天君让她投胎做张穆濯家的小姐，
从天上的仆人变成人间的主人。

答腊和丽萨驾着五彩祥云，
急急忙忙朝人间飞奔。
他们双双投胎到新彰城里，
木摩史和张穆濯家就像久旱禾苗遇甘霖。

那一日他们都做了一个好梦，

梦见他们家水井里坠落两颗星辰。
他们请布摩来解此梦境，
布摩说他们两家将有喜事临门。

不久后他们家夫人都有了身孕，
怀胎十月分别生下贵子和千金。
两个孩子同年同月同日来到世上，
生肖属猪且在亥月亥日亥时出生。

张穆濯和木摩史感谢天君保佑，
他们给策举祖的神灵供了三牲。
木摩史的儿子取彝名桓苏木荷，
张穆濯的女儿取彝名播勒薇叶。

两家订婚

果然是天上的星宿投胎，
木荷与薇叶自幼就格外聪明伶俐。
木荷的脸庞好比天上的月亮，
薇叶的容貌就像天上的星星。

看着木荷薇叶讨人喜欢，
穆濯和摩史天天笑脸盈盈。
他们不忘祭拜神灵时许的愿，
七岁时就为木荷和薇叶定了姻亲。

养了三年的肥猪杀了三头，
美如凤凰的雄鸡杀了百只，
大米做的美酒备好十大坛，
红色的四方桌摆好八大碗。

新彰的高官显贵都来祝贺，

远方的三亲六戚也来吃酒。
木荷薇叶穿着美丽的新衣，
订婚宴上他们玩得十分开心。

木摩史家族的族长是他的长兄，
他们在家乡有良田千顷；
张穆濯家族也是显赫人家，
他们家有用不完的黄金白银。

他们都为有兄弟在土府为官格外自豪，
他们为张穆濯与木摩史定亲家格外开心。
木摩史家族送来了三车绫罗绸缎，
张穆濯家族送来两驮山珍海味。

定亲酒足足摆了二十二桌，
真是高朋满座喜气盈门。
宾客中有一位先生却一声长叹，
说这两个孩子八字不合，会遭遇不幸。

说他们八字不合的是一位教书先生，
他也曾是金榜题名的一位举人。
此后他连考十年都未考上进士，
便认命一辈子教书授徒研究易学。

彝家预测吉凶的经书是《吐鲁窦吉》，
汉家预卜祸福的是古籍《八卦》《易经》。
先生说他们都是亥年亥月亥日亥时出生，
他们的命格中水势太旺风波难停。

他说世上只有同年同月同日生的朋友，
不能有同年同月同日生的夫妻。
他的话让穆濯和摩史听后十分生气，
当场就说他是不受欢迎的客人。

先生叹一声“忠言逆耳爱信不信”，
说完话就不再入席，离开宴会大厅。
后来的事实难出先生预料，
木荷与薇叶经历了大起大落的命运。

父母去世

木荷薇叶订婚才过一年，
木摩史家就遇到了霉运。
只因他为官正直不畏权贵，
得罪了祖摩阿纪家一个权贵宗亲。

他得罪的权贵是祖摩府安姓总管，
安总管与祖摩是同一祖父的宗亲。
祖摩阿纪对那安总管百般信任，
让他下马管民上马管军。

那安总管的家人倚仗权势胡作非为，
强抢民女霸占良田之事时有发生。
木摩史在衙门多次收到百姓告状，
便把总管家的行为向祖摩阿纪奏了一本。

祖摩阿纪把安总管叫来训了一顿，

严令他要管好自己的部下和家人。
安总管从此对木摩史怀恨在心，
总想找机会给他来个教训。

别看摩史和总管都是土府高官，
但他们的权力却不能相提并论。
总管是祖摩阿纪宗亲，手握财权兵权，
摩史只负责起草文案下达上呈。

如果把总管的权力比作月亮，
那摩史的权力便只是颗星星。
木摩史若不是有文才受到祖摩重用，
安总管加害他就好比用扇子拍死苍蝇。

那一年的吉月吉日吉辰，
祖摩阿纪家举办斋祭祭祀神灵。
彝家念经时不能被人冲撞，
被冲撞就会对主人家的儿孙不利。

那一天新彰城里发生火灾，
木摩史被迫到经堂报告灾情。
安总管借机大骂并派兵把他拿下，
他说木摩史擅闯经堂得罪了祖宗神灵。

祖摩阿纪也对木摩史十分不满，
说报告火灾也不能冲撞布摩念经。
烧几幢民房怎比得上祭祀事大？
祖摩阿纪家祭祀才是天大的事情。

木摩史只好组织百姓扑灭火灾，
为灭火舀干了城中九十九口水井。
百姓齐心总算把那场火灾扑灭，
安总管却借此机会奏木摩史一本。

他说九十九口山泉都是祖摩阿纪家的水井，
新彰八千八百住户都是祖摩阿纪家的臣民。
木摩史不惜冲撞经堂组织救火，
分明是心存异志，想收买人心。

他收买人心后会获得清官名声，
百姓就会说摩史是个好官，祖摩是个昏君。
这样二心之人若不及早拿下，
就会影响祖摩阿纪家的稳定。

自古忠臣总被奸臣害，
从来落难的多半是好人。
祖摩阿纪他听从安总管意见，
把木摩史免去官职降为平民。

木摩史免职时祖摩阿纪还传令，
说他木家以后就是彝山罪臣。
他的后代不得在湖高为官，
要做官除非他去考科举功名。

自从被贬为平民，
木摩史的心情十分郁闷。
他的住宅已撤去官家标记，
他也不敢恢复那桓苏阿木彝姓彝名。

他也不愿用木摩史的名义去走亲访友，
亲友们知他家落难后都远远避开。
他不怪亲友们胆小怕事不念旧情，
怪只怪他家背了个罪臣的恶名。

他只恨安总管心狠手辣，
他怨祖摩阿纪君长是非不分。
明明是城中发生火灾百姓受难，
他却怪我组织救火是要收买民心。

木摩史他心情不好天天喝闷酒，
半年后他就气坏身体生了大病。
他夫人儿子走遍湖高求遍名医，

没有一个名医敢来他家为其看病。

木摩史叫儿子去张穆濯家求助，
多年的好友也向他家关闭大门。
木摩史看透世态炎凉生无可恋，
叹的是那儿子还未长大成人。

可怜木荷就像那三春的雏燕，
怕的是电闪雷鸣满天乌云；
可怜木荷就像那山上的小树，
经不得风雨最怕树木伤根。

最可叹的是他们家戴了个罪臣帽子，
他死后儿子也会虎落平阳般被犬欺。
木摩史越想越气命丧黄泉，
只留下木荷母子孤苦伶仃。

木摩史罢官后奴仆已散，
只有一位老管家不改忠心。
老管家帮助夫人少爷办理木摩史后事，
小木荷在慈父灵前哭得天昏地暗。

他发誓要为桓苏家和老父洗清冤情，
老管家要他不要出言不慎丢了性命。

木荷他阿妈也哭得天昏地暗，
老管家劝夫人要节哀顺变莫太伤心。

他说木荷年幼还须夫人照应，
他说木摩史家门户还要夫人支撑。
如果夫人伤心过度有个三长两短，
你把不到十岁的木荷托付给何人？

老摩史丧事办完不久，
木荷母亲又生了大病。
木荷和管家花了天价请来名医，
名医也无力回天，
木荷母亲又一命归西。

办完母亲丧事后，
木荷家已一贫如洗，
老管家也万般无奈自奔前程。
木荷身无分文衣食无计，
只有他外公的勉强照顾。

精心抚养

木荷的外公也曾是个举人，
只可惜中了举后就再无文运。
他曾参加了几回进士考试，
每次都白费钱财却榜上无名。

木荷外公此后认命服输，
到新彰城里做了教书先生。
木荷的父亲曾是他的弟子，
因有学问才到祖摩阿纪家做了摩史。

老先生当初把女儿嫁给木摩史，
看中的就是他勤奋好学人品端正。
谁知他在官场上难有作为，
正直无私却被奸人陷害丢了性命。

每每想到女儿女婿家破人亡，

老先生常伏案长叹老泪纵横。
他要把木荷这孤儿抚养长大，
他精心教给桓苏木荷诗书学问。

那木荷本是天上的星宿下凡，
读书识字可算是绝顶聪明。
老先生看到木荷学问不断上进，
心中失去女儿的伤痕被慢慢抚平。

他告诉木荷外面的世界很大，
好好读书无人能挡你的美好前程。
祖摩阿纪不许木摩史后代在湖高为官，
你读好诗书可去考朝廷的功名。

天下是由皇帝掌管，
湖高的地盘也只是其中的一小部分。
彝家的祖摩也是皇帝任命的宣慰土官，
他的官阶也不过是个土官三品。

祖摩家的高官多由宗亲担任，
你们桓苏家族也是祖摩家远亲。
皇帝的官员不靠祖上根基，
他们凭本事靠诗书考取功名。

科考功名的道路千难万险，
要跨过秀才、举人、进士三个门槛。
只要这三个门槛都能跨过，
你便是人中龙凤天下精英。

你父亲在祖摩家的官位虽被称为摩史，
实际上只能算个地方衙署的主簿先生。
真正的翰林要考取功名由皇帝任命，
翰林的官阶可从从二品到从七品。

祖摩阿纪家穆濯的官衔也是自己封赠，
他的地位也只能算是个一般县丞。
皇帝任命的尚书才是权倾华夏，
一句话可决定万千官员的升降浮沉。

你若能跨过朝廷科考三个门槛，
胜过在湖高地盘上做个摩史。
你若考中进士外派为官，
那才叫光宗耀祖重振门庭。

木荷把外公的教导铭记在心，
每日里苦读诗书不断上进。
年近十三就参加童生考试，
轻轻松松获得了秀才功名。

木荷考中秀才外公十分高兴，
专门在家中请客吃饭举杯相庆。
客人们都说木荷眉清目秀天生官相，
一定能考取进士有大好前程。

外公再来为木荷的前程谋划，
说要送他到省城书院拜师汉学先生。
外公有个好友曾是从五品京官，
因得罪权贵被贬到地方省城。

乌蒙山再高也高不过那先生的学问，
黔灵坝再宽也装不下先生的知识。
那先生在省城书院讲学三年，
五湖四海传遍了他的美名。

只可惜计划总无变化来得快，
木荷那几年走的全是背时霉运。
还未等到来年三月清明，
木荷外公便生了重病。

木荷请来新彰所有名医，
外公还是回天无力一命归西。
外公临终时留下两句话，

要木荷一定去省城书院读书，再考功名。

木荷含着眼泪安葬了外公，
从此又变得孤苦伶仃。
三亲六戚见他能躲就躲，
都怕招惹罪臣之子倒了霉运。

小木荷过去只读诗书不懂谋生之计，
不多的家产很快吃光用尽。
他再无银两去省城书院求学读书，
为生计只得到茶馆卖艺弹奏月琴。

弹月琴每日能挣一钱银子，
有时客人也会多赏个几分。
有了赏钱时他就去喝酒，
酒醉后在街上蓬头垢面。

逼迫退婚

山中的泉水为何会清?
因为山中的世界格外单纯;
出山的河水为何会浊?
因为山外的世界便是红尘。

百姓的日子就像山中的泉水,
官员的生活就好比山外的红尘。
百姓遇事时朋友愿为他两肋插刀,
官员遇事后朋友要与他划清界线。

张穆濯与木摩史同窗共读同朝为官,
他们的友谊应该比山还高比海还深。
何况他们还是定了亲的儿女亲家,
他们早已是打断骨头连着筋的关系。

木摩史家遇事后张穆濯不出手相救,

张穆濯在为官中已经有了私心。
他早就与木摩史这未来亲家越走越远，
却与安总管这土府重臣越走越近。

他感到木摩史惹怒安总管是不知轻重，
就好比山中的鹞子去惹天空的老鹰。
安总管他上马管军下马管民，
一个指头就能打倒木摩史让他不得翻身。

木摩史书生意气顶撞安总管，
还以为祖摩阿纪会为他得罪宗亲。
他不知自己这摩史就是个师爷，
怎比得上安总管那宗亲重臣。

他不听劝告被祖摩阿纪罢官免职，
还下令他的后代在新彰只能为民。
木摩史家从此不再为官为臣，
他那儿子桓苏木荷也不会转运翻身。

张穆濯后悔自己与木摩史在神前发誓，
许愿说他们有儿女后就要结为姻亲。
他几次想退婚又怕别人说闲话，
怕彝乡人说他违背誓言得罪神灵。

木摩史不知轻重惹了大祸，
张穆濯很快与他家划清界线。
桓苏木荷请不来医生到他家求救，
他让仆从们紧紧关闭大门。

直到木摩史夫妇先后病逝，
他才稍稍动了恻隐之心。
他派人给木家送去百两银子，
又让家奴去帮他家安葬两位亡人。

此后他对木家的事情不再过问，
只怕祸从口出影响仕途前程。
他几次想让桓苏木荷退回婚约，
但还是下不了那违背誓言的决心。

有一日他带着随从上街巡视，
他坐着八抬大轿威风凛凛。
前面有随从鸣锣开道，
后面有卫士紧紧跟随。

路人见官纷纷肃敬回避，
有一个酒徒却独自前行。
那酒徒衣冠不整蓬头垢面，
自称他是秀才见官不跪。

张穆濯吩咐两个随从，

把酒徒带到轿前看是何人。

他一看此人大吃一惊，

酒徒居然是桓苏木荷那未婚女婿。

张穆濯吩咐随从把木荷撵走，

问他可知挡穆濯之道是何罪名。

木荷说他只知天下大路天下人走，

穆濯权势再大也不该乱耍官威。

一日张穆濯带着仆从到茶馆喝茶，

又发现木荷在那里卖艺弹琴。

每弹完一曲月琴他便端着碟子要钱，

那样子与要饭的乞丐十分相近。

他想不到摩史家后人会变成这个样子，

摩史家的规矩是宁愿饿死也不能失去尊严。

这木荷分明是丢了家族的脸，

这木荷分明是让摩史后代失去尊严。

他想到如果把女儿嫁给木荷这样的人，

他张穆濯和播勒家族岂不是颜面扫尽。

他下决心要为女儿退了婚约，

回府中就让眉萨丫鬟叫来夫人。

张穆濯把退婚主意打定，
仆从把穆濯夫人请到堂屋大厅。
他的夫人也是彝家扯勒君长之女，
扯勒家声望在彝山赫赫有名。

身为君长千金她熟悉彝家人情礼仪，
做穆濯家夫人她熟读汉家四书五经。
她随夫君到新彰居住一十五年，
她管理家中事务为夫君当好后勤。

她听说夫君穆濯有事商量，
放下针线活来到堂屋大厅。
只见夫君在堂屋喝着闷酒，
只见夫君脸上布满愁云。

夫人她开口把夫君询问，
问夫君找她有何事情？
问夫君为何在家中喝着闷酒？
问夫君脸上为何布满愁云？

莫不是穆濯你为官不顺？
莫不是夫君在祖摩府中遇上小人？

夫君有心事要说出口来，
天大的难事我与你一起承担。

张穆濯放下酒杯长叹一声，
一席话说得夫人目瞪口呆。
他说自己喝闷酒并非为官不顺，
他说自己也未在祖摩府中遇上小人。

自己与木摩史同窗共读同地为官，
两人做到穆濯和摩史都官居要职。
桓苏家族与播勒家族又是历代姻亲，
他们在新彰为官就格外亲近。

他们都是年过四十才生下孩子，
为有个孩子他们四处求神。
他们曾在神灵前许下心愿，
有儿女后两家要结成姻亲。

为还愿他们七岁就为儿女定婚，
参加订婚宴的有新彰的达官贵人。
他们是亲家已经名声在外，
他们两家已是打断骨头还连着筋的关系。

只叹那木摩史为官太过耿直，

得罪了安总管这样的祖摩宗亲。
安总管寻找机会奏了木摩史一本，
祖摩阿纪把他免职罢官降为平民。

木摩史家背时倒运且不说，
那木荷的举止也让我伤心。
我决定不把女儿嫁给木荷，
夫人看怎样才能逼他退婚。

听到夫君这席话，
夫人只有长叹一声。
一声叹息后说出一段话语，
说得张穆濯他句句揪心。

她说我是君长后人自知为官不易，
我更知做高官的人要处处小心。
自古道伴君犹如伴虎，
君长一怒就会如虎伤人。

我相信木摩史落难是受人陷害，
我理解夫君为何与他家把界线划清。
如果他家获罪后我们还与他家走得太近，
不仅于事无补还会伤及自身。

我知晓夫君想要退婚并非是嫌贫爱富，
我只怕彝家的规矩让我们难以为人。
彝家人最恨的是朋友遇难就背弃悔约，
彝家人最怕的是违背誓言得罪神灵。

夫君与木摩史是同窗共读同地为官，
世人已知晓你们既是朋友又是姻亲。
朋友家落难你就要毁儿女婚约，
彝家就会骂我们落井下石冷漠无情。

你们在求神时又发过盟誓，
两家人要做儿女亲家世代联姻。
我们要退婚就是违背许愿誓言，
违背誓言就会得罪祖宗神灵。

京城的皇上也讲究不悔婚约，
好比田地卖了就不能退回主人。
木荷弹琴卖艺也是被逼无奈，
不如我们再资助他几百两黄金白银。

让他先用这些银两去做点小本生意，
不要再去弹琴卖艺丢人现眼。
等过两年罪臣之家的风头过去，
再让他读书考取功名。

到时候我们的女儿再与他正式结婚，
那样就不会得罪神灵违背彝规彝训。
张穆濯听此话后气得摇头跺脚，
派人给木荷送去三百两黄金白银。

告知他先用这些银子去做些小本生意，
不要再去弹琴卖艺辱没先人。
如果他不听劝告难以成器，
张穆濯家说到做到定要退婚。

誓不退婚

张穆濯派老管家送去真金白银，
转达了他们家对木荷的关心。
年轻的木荷不知张穆濯有何难处，
只记恨着他关键时不肯搭救父亲。

他拒绝了张穆濯家的黄金白银，
还说他家的事不用张穆濯操心。
他弹奏月琴是靠本事挣钱吃饭，
不会丢了家族脸面羞了祖宗先人。

木荷还说他早晚要混出个人样，
他要为摩史父亲申冤雪恨。
张穆濯夫妇听了回话相视无言，
他们怕木荷会惹出更大的事情。

他们决定找桓苏木荷详谈一次，

叫他不要口无遮拦惹祸上身。
如果那桓苏木荷还是不听劝告，
他们就下决心退掉这桩婚事。

两天后老管家又去找木荷，
木荷依旧在茶馆弹奏月琴。
他弹一天月琴能挣一钱银子，
不用再为那一日三餐烦恼忧心。

他见那张穆濯家老总管又找自己，
他说出的几句话语实在气人：
“你穆濯家总管今天是要送我黄金？
你穆濯家老奴今天是要送我白银？
我请你回去告诉穆濯大人，
我的事真的不用他再操心。
我弹的月琴能挣到饭钱，
我读的诗书能考上功名。”

老管家听后笑了一笑说道：
“摩史家后代果然壮志凌云。
我是穆濯家老奴的确不假，
但我吃的盐比你吃的米还多。

我听说乱吃饭的人会得大病，

还听说乱说话的人会气大伤身。
你若总是这样口无遮栏乱说乱讲，
只怕像爱叫的公鸡碰上捕食的老鹰。
我今天来是请你去张穆濯家，
他有一番话要告诉你木荷后生。
他不救你父亲是人在官场身不由己，
他不是花椒籽红皮子包着黑色心。”

老管家的话让桓苏木荷有些感动，
他决定去张穆濯家看看究竟。
他对张穆濯见死不救不能原谅，
他对未婚妻薇叶却是一片痴心。

木荷随老管家去张穆濯家，
一路上他把一事仔细权衡。
见穆濯是该称他为舅舅，
还是应称他为穆濯大人？

父母在世时为他和薇叶订了婚，
他和薇叶青梅竹马相亲相爱。
他自幼称张穆濯夫妇为舅舅舅妈，
但他家遇难后穆濯夫妇无半点关心。

想到这里他在心中打定主意，

见面后就以张穆濯的官职相称。
他说话时要堂堂正正毫不怯懦，
他父亲与张穆濯是扁担挑水平肩人。

木荷与管家来到穆濯府邸，
管家却带他不走大门走小门。
说走大门让人看见会影响穆濯前途，
说他不能与罪臣家后人走得太近。

木荷说我本是穆濯家未婚女婿，
怎么不走大门去走小门？
从来走小门的都是奴仆，
从大门进的才是主人。

如果张穆濯家嫌我不配从大门进出，
就不要打扰我的生活影响我弹月琴。
木荷说完转头就走，
老总管说容他去向穆濯禀告。

老管家去找穆濯夫妇禀告，
夫人道木荷这骨气倒像个君长后人。
穆濯说只怕是松不弯腰被雪压断，
不愿走小门就让他走大门。

木荷昂首挺胸走进大门，
恭敬地叫一声拜见穆濯大人和夫人。
夫人说你从来都叫我们舅舅舅妈，
今日为何要用官家的职务相称？

木荷说两位大人不要多心，
过去称舅舅舅妈是缘于我父母情分。
张穆濯和我父亲是同朝为官的彝家之子，
你们不是亲戚却比亲戚还亲。

只叹我父亲被人诬陷遭了大难，
张穆濯你袖手旁观不愿出手救人。
我木荷虽然还是穆濯家未婚女婿，
未成婚时对您也只能用官职相称。

张穆濯说木荷你对我误会太深，
你不在官场不知宦海水深。
安总管告你家犯的是谋逆大罪，
谋逆之罪重的是要株连亲人。

我在衙门里为你家向祖摩阿纪陈情上谏，
他才把你老父免职罢官不再罪及家人。
你小辈半点不知我的好处，
还开口闭口要把我当仇人。

虽然祖摩阿纪在新彰是一言九鼎，
但安总管在土府里也是树大根深。
如果当时我再去求名医帮助你家，
他们一发怒就会罪及我和我的家人。

若安总管重新上奏祖摩要诛灭你家，
你和我们全家都会白白丢掉性命。
因为你是罪臣木摩史的儿子，
我又是木摩史的同学和你未来的丈人。

累及亲人自然会有我家一份，
你木荷和薇叶更是重罚之人。
我告诫你不要天天说什么报仇雪恨，
祸从口出的事不知哪天就会发生。

木荷听完此话后动了感情，
似乎明白了此间的不少来龙去脉。
但张穆濯下面的话又让他改变主意，
他感到张穆濯的做法不光是明哲保身。

他说你父亲千错万错不该得罪安总管，
他可知那安总管是祖摩阿纪的宗亲。
总管灭他就好比骆驼踩死蚂蚁，

他要斗总管就好比母鸡挑战老鹰。

你木荷要一言不发闭上嘴巴，
你要做的是苦读诗书等待时机。
等三年五载总管消气忘了你家，
你再去参加科考奔个功名前程。

你眼前要做的还有一件大事，
就是要尽快签字画押与我女儿退婚。
我知你对我女儿也十分倾慕，
但你不退婚会误了她的青春。

木荷说穆濯大人所言不妥，
彝家人说的话就是板上钉钉。
我家落难你就要毁掉婚约，
你这个穆濯还怎样取信于民？！

张穆濯听完此话脸上飞来黑云，
说我怎样做官不用你木荷操心。
你木荷如今已是罪臣之子，
罪臣之子怎能娶穆濯家的千金？

他叫夫人取来二十四绸缎，
又叫管家取来三百两白银。

夫人说天下的好姑娘处处都有，
你何必只看上我家薇叶一人？

你该拿这些绸缎娶个平民之女，
你该拿这些银子去读诗书考个功名。
你主动退掉婚约就不会有神灵责怪，
你我两家划清界线就不会连累三亲。

她端起茶杯请木荷喝茶，
木荷说读书人喝茶会没了记性；
她端起酒杯请木荷喝酒，
木荷说他与势利人喝酒就会头昏。

木荷说他不要张穆濯家绫罗绸缎，
木荷道他不要张穆濯家真金白银。
他只要那青梅竹马的播勒薇叶，
他和薇叶誓死也不分开。

劝女另嫁

穆濯夫妇见说不动木荷签字画押，
便叫管家把木荷送出大门。
劝说不动木荷就去劝薇叶，
他们要去劝说女儿提出退婚。

他们把薇叶叫到堂屋，
女儿见父母一脸庄重有些吃惊。
莫不是阿爹在土府为官不顺？
莫不是阿妈在家过得很不开心？

当她听到父亲开口说话，
才知晓他们满脸愁云的原因。
她早听说木荷家惹了大祸，
也听说木荷他亡了双亲。

她长住深闺不知官家大事，

她只知父母早为她和木荷定了婚姻。
她和木荷青梅竹马情深似海，
她和木荷在一起时十分开心。

七岁后木荷进学堂攻读诗书，
七岁后薇叶到绣房学绣刺绣。
他们此后便不常见面，
但一见面后又玩得格外开心。

薇叶若想要天上的月亮，
木荷不会只给她天上的星星。
到如今父母说木荷家惹了大祸，
不退婚就会连累薇叶自己和家人。

父母说木荷已是罪臣之子，
木摩史家已被打翻在地永难翻身。
木荷不思进取不去攻读诗书，
还丢人现眼去茶馆卖艺弹琴。

木荷不知韬光养晦等待机遇，
逢人便说他要为父亲报仇雪恨。
他岂不知他父亲惹的是祖摩阿纪的宗亲，
祖摩阿纪发怒后可要灭他六亲。

如果哪天他再把安总管惹怒，
祖摩阿纪也不会再管他这个罪臣后人。
如果我女儿嫁到木荷家，
你便是罪臣媳妇终身穷困。

更可怕的是木荷哪天惹了祸事，
就会让我们家也被株连而斩草除根。
为了我女儿的幸福和张家的安康，
薇叶你要与木荷及早退婚。

总管的表弟咸汉章看上了我家小姐，
薇叶你可真是个有福之人。
咸汉章官居骂色家财万贯，
他掌管着祖摩府中卫队亲兵。

咸汉章官居骂色又是名人之后，
他天生注定就会前程锦绣。
他家丫鬟穿的都是绫罗绸缎，
他家车夫手上都戴满金银。

咸汉章去年死了头门夫人，
就托安总管向我们家提亲。
我女儿嫁他家虽是续弦，
但也少不了富贵无双做人上之人。

咸汉章家住的是琼楼玉宇，
咸汉章家吃的是山珍海味，
咸汉章家穿的是绫罗绸缎，
咸汉章家骑的是千里良驹。

更主要的是安总管他位高权重，
能决定多少官员的贫富生死。
木摩史违逆他就有灭顶之灾，
张穆濯我顺从他就能够步步高升。

我只望我女儿能顺时顺运，
尽快与那罪臣之子退婚。
这退婚会保我一家无灾无难，
也能保木荷平安无恙度过此生。

张穆濯说得口干舌燥，
薇叶半句也难听进去。
她说原来要我们联姻是阿爹作主，
今天要我们退婚又是阿爹决定。

自古道好马不配双鞍子，
又说道好女不嫁两丈夫。
古规道理阿爹你比我懂，

为何出尔反尔贻笑世人。

你让穆濯家千金去做续弦夫人，
岂不怕丢了脸面羞了先人。
木荷的婚约我不退，
要让我嫁咸汉章我不愿！

木荷他如果去要饭，
我薇叶愿做乞丐妻；
咸汉章他哪怕做总管，
我薇叶不爱他半分毫。

薇叶说罢回屋去，
穆濯阿爹气得两眼发昏。
说一声有了女儿不听话，
还不如我们孤独到老了却此生。

穆濯夫人主意多，
她说出一计宽了夫君心。
我们与总管家演个双簧戏，
不怕他木荷不退婚！

被迫退婚

再锋利的牛角也利不过箭头，
再聪明的女儿也聪明不过母亲。
张穆濯夫妇打定主意，
去请了一位叫刘德章的媒人。

刘德章的身份与一般媒人大不一样，
他是安总管家的远房表亲。
刘德章来到张穆濯府邸，
出面接待他的是穆濯夫人。

夫人说咸汉章看上我家小姐，
我夫君也很愿意与他家联姻。
安总管树大根深位高权重，
他表弟与我家联姻是我们的荣幸。

但我们现在遇到一个难题，

就是那桓苏木荷不肯退婚。
木荷已是罪臣之子，
但按彝家规矩若要改嫁先要退婚。

咸汉章如果真爱我家薇叶，
可以先给那木荷一点教训。
先把他送入牢中关上十天半月，
告知他不收敛就要追究其罪臣之子的责任。

然后由我家夫君出面保他出狱，
担保的条件就是要他同意退婚。
他退婚后我们与咸家结秦晋之好，
我女儿薇叶与咸汉章择期完婚。

张夫人叫媒人把这些想法转告咸汉章，
让他来搞定这件小事。
张夫人吩咐管家摆席设宴，
精美的八仙桌上摆满山珍海味。

刘德章手捧酒杯满脸含笑，
一连喝了美酒三百杯。
说你们两家的好事包在我身上，
我去为你张穆濯家说这门亲。

刘德章受托来到咸汉章家，
咸汉章听此计后很开心。
他想不到自己一个死了老婆的二婚汉，
还能娶穆濯家千金做夫人。

最开心的是那安总管，
他喜的是张穆濯联姻是倒向他的阵营。
他把穆濯夫人的想法告诉卫队长，
叫他帮咸汉章把此事搞定。

他还叮嘱不要对桓苏木荷下手过重，
要顾及张穆濯家面子好结亲。
卫队长读书不行办事一流，
为咸汉章把此事办得完美无缺。

那日木荷正在茶馆弹奏月琴，
茶馆外来了一群如狼似虎的兵丁。
兵丁把木荷披枷戴锁抓上囚车，
随后他被送到一处牢房单独囚禁。

桓苏木荷大声质问兵丁，
因何事抓他到这鬼地方来囚禁？
队长说你的罪名可大可小，
你得罪了你永远得罪不起的人。

木荷问他得罪的是何方神圣？
木荷问何人敢乱给人定罪伤身？
卫队长说你的罪过可大可小，
就要看你家有没有能担保的贵人。

你胡言乱语要为罪臣报仇雪恨，
你可知你父亲犯的是什么罪名？
你的罪说大了不仅要杀头问罪，
还要灭你未婚妻子及三亲六戚。

你的罪说小就是酒后失言，
因为父母双亡后乱了性情。
你的罪从小处判要有高官担保，
那得看你木荷家有无这样的贵人！

那队长说完话就紧闭牢门，
把木荷关在牢中不再审问。
监狱中一天才吃一顿冷水剩饭，
直饿得他前胸贴着后背。

木荷好比羊儿落进狼群，
又好比虎子落进深坑，
叫天天不应，

叫地地不灵。

牢房里白天见不着太阳，
监狱中夜晚看不到星星。
只有那两只墙角的老鼠，
总向他瞪着饥渴的眼睛。

此时此地他才想起张穆濯的话语，
口无遮拦果然要害己害人。
他回想起自己也真说过要报仇雪恨的话，
到如今才知晓此话不能说出口要记在心。

他听那队长说有贵人担保就能免罪出狱，
但他怎么算也算不出他家能有个贵人。
想了三天后他才打定主意，
叫送饭的狱卒向队长传去口信。

他告知队长张穆濯的女儿是他未婚妻，
他想给薇叶写去一封书信。
他要请薇叶出面请她父亲担保，
他要请张穆濯大人救自己一命。

薇叶收到书信后大吃一惊，
她想不到木荷会被关入大牢。

她拿着书信去找阿妈，
要她求父亲帮助救木荷一命。

阿妈看完信后假意长叹一声，
说我和你阿爹的话你们不听。
木荷戴着罪臣家属帽子，
却还要高傲自大目中无人。

我们请他到家中详谈家事，
他到穆濯府自高自大不肯走小门。
我们劝他不要口无遮拦惹来灾祸，
他说要我们别管他家事情。

他身为晚辈见我们却不肯下拜，
还说摩史与穆濯家是扁担挑水平肩人。
我劝你父亲不把你们的婚事来退，
但他的狂妄自大伤了你阿妈的心。

劝你们退婚是你阿爹一片好意，
你和他却把我们看成是嫌贫爱富。
他如今惹了祸让你阿爹出面担保，
谁晓得那衙门的官员能否答应。

穆濯夫妇拿着木荷的信私下商量，

他们看完信后不由得笑出两声。
真是再锋利的牛角也利不过箭头，
再聪明的女儿也聪明不过母亲！

他们商议后决定还要来点小手腕，
来磨平木荷那高傲的心性。
两天后他们把薇叶叫到堂屋，
穆濯说我已拉下老脸找总管求情。

总管说木荷是罪臣之子不守规矩，
他的这个罪名实在不轻。
如果把他犯罪实情报给祖摩阿纪，
还不知要株连多少无辜之人！

薇叶听后内心发冷，
只怕那木荷年纪轻轻丢了性命。
她求阿爹再去找那安总管，
千万要把木荷救出牢门。

阿爹假意叹了一口气，
说只怕我这穆濯面子太轻。
我明天再去求安总管，
看他有无办法救木荷一命。

两天后阿妈把薇叶叫出门来，
说救人之事已有转机。
总管说要救木荷一命，
除非你薇叶与咸汉章订姻亲。

咸汉章在祖摩阿纪府中是卫队长，
放人的事没他同意绝对不行。
定了姻亲后安总管好出面，
与穆濯一起做木荷的担保人。

薇叶听了阿爹阿妈的话，
流着眼泪把话明：
为救木荷出牢狱，
她愿与咸汉章订婚。

阿爹说这话要她去牢房对木荷讲，
要看那小子知不知理愿不愿退婚。
薇叶探监前去看木荷，
只见他蓬头垢面只剩半条命。

他们相拥而泣哭半天，
薇叶说阿爹愿意救他出牢门。
前提是他要愿意退婚约，
让她嫁咸汉章去做续弦夫人。

他们流着眼泪说了话，
说他们俩今生八字不合难成亲。
木荷愿把婚约退，
三天后张穆濯接他出牢门。

张穆濯把木荷接到自己府邸，
让他去沐浴后换了一身新衣。
他们夫妇还摆下一桌酒席，
说是为木荷置酒压惊。

他们让木荷与薇叶在下首坐定，
再次说出了要他们退出婚约的原因。
他们说要给木荷一定补偿，
愿送给他百两黄金千两白银。

他们劝木荷拿百两银子去买匹好马，
还叫他去找一个牵马背书的仆人。
让他去找个青山绿水之地安静读书，
读几年诗书后找机会再去考个功名。

他们还说年轻人遇事要会韬光养晦，
要总结这次被抓进牢房的经验教训。
说话做事要想个前三后四，

要知晓山有多高海有多深。

穆濯夫人端起一杯好酒，
说她要敬桓苏木荷后生。
木荷薇叶你们今生虽然不能结为夫妻，
但播勒家与桓苏家新亲不在还是老亲。

薇叶含泪举起苦酒一杯，
还未说完话就泣不成声。
她说这辈子我们不能成为夫妇，
下辈子变成鸟儿也要双宿双飞。

木荷一连喝了两杯苦酒，
含着眼泪签字画押退了这桩婚姻。
他退婚时突然想起当年八字先生的话，
说他与薇叶命中注定今生难成夫妻。

张穆濯叫管家把木荷送回家中，
还让几个仆人帮助他去打扫卫生。
木荷把家中收拾妥当，
每日喝一壶老酒弹几曲月琴。

拿着木荷画押退婚的文书，
张穆濯满脸含笑喜气盈盈。

他叫总管去请来媒人刘德章，

让他转告咸汉章成婚之事已搞定。

薇叶自从退了婚，

天天眼泪泡饭当药吞。

她知那咸汉章是个二婚汉，

却要娶她穆濯千金做续弦夫人。

她恨阿爹性格软，

她恨官场水太深。

他恨那安总管权力大，

胡作非为祸害人。

木摩史被逼英年早逝，

木荷被逼退了婚。

还要薇叶嫁咸汉章，

天公为何不惩治黑心人？

父母见薇叶身心憔悴，

知她对木荷还很痴情。

阿爹说要她顾大局，

嫁咸汉章的婚期已确定。

婚期定在二月二日龙抬头，

安总管说那天是天降紫微星。

成婚的日子一天比一天近，

薇叶的身体一天比一天轻。

薇叶哭嫁

婚期转眼就来临，

咸汉章家就要来接亲。

媒人送来了绫罗绸缎，

管家送来了黄金白银。

张穆濯家女儿薇叶就要出嫁，

张穆濯家备好了山珍海味，

张穆濯家办了一百桌酒席，

张穆濯家请来了贵客嘉宾。

出嫁的女儿前三天就要哭嫁，

这是新彰城彝家的古理常规。

薇叶的哭嫁声声入情入耳，

山上的雀鸟也为她伤悲。

月儿为何不明？

是天狗把它吞；
星儿为何不亮？
是乌云把它吞。

不是天狗吞了月亮，
不是乌云吞了星星。
是薇叶哭哑了嗓子，
是薇叶哭肿了眼睛。

“阿爹哟，
都说你是祖摩府中大官人，
你为何要犯那糊涂病？
你把女儿嫁给咸汉章，
让堂堂穆濯千金做续弦夫人！

阿爹哟，
都说你是条彝家硬汉子，
为何一见安总管就像软骨头？
你把女儿嫁给他表弟，
就像把小鸡喂岩鹰。”

听到薇叶的哭嫁声，
张穆濯也眼泪奔涌。
他求了诸神才得一女，

为何偏遇上木摩史家惹灾星？

“女儿哟，
不是阿爹不想你，
不是阿爹要让你做咸家的续弦夫人。
安总管家树大根深权力大，
违逆他家要大祸临头。

女儿哟，
你嫁咸汉章虽是个续弦夫人，
但也能荣华富贵戴银又穿金。
阿爹让你门当户对嫁他家，
为的是不让你嫁那罪臣的后人。”

薇叶接着哭阿妈，
哭得天旋地转脑壳昏。
阿妈也守着女儿哭，
流泪眼哭流泪人。

“阿妈哟，
你怀胎十月把我生，
含辛茹苦抚养我成人。
为何与阿爹一样犯糊涂病，
把女儿送到咸家的火坑？

阿妈哟，

天上打雷一声声，

你我打断骨头连着筋。

女儿如今嫁到咸家去，

只怕是羊儿进了虎狼群。

阿妈哟，

世间的道路千万条，

为何薇叶只有一条路？

女儿从今离你去，

只怕是你我母女缘分到头了。

阿妈哟，

青翠的云龙山我难再见，

宽广的巴底侯兔难再寻。

女儿就像那湖中单飞的野鸭子，

从此孤苦伶仃去远行。”

阿妈给女儿擦眼泪，

阿妈也哭出一声声。

她一边哭诉一边劝，

叫女儿不要太伤心。

“女儿哟，
你好比阿妈的心头肉，
世间只有娘儿亲。
女儿长大要出嫁，
这是千年的古理常规。

女儿哟，
不是阿爹阿妈心肠狠，
让你和那木荷退了婚。
不是我们嫌贫爱富把你嫁咸家，
是阿爹阿妈为你奔个好前程。”

薇叶哭了三天又三夜，
咸家八抬大轿进了门，
十二对唢呐齐演奏，
二十响礼炮冲天鸣。

生离死别

咸家接亲的轿子进了门，
播勒薇叶她触景更生情。
记得那花季少年时，
木荷与她玩“接亲”。

木荷骑竹马扮新郎，
薇叶坐竹轿扮新娘。
谁知她如今结婚日子到，
新郎不是木荷而是咸汉章。

安总管害死了木荷的父亲，
咸汉章他逼迫木荷退了婚。
我阿爹趋炎附势把女儿嫁咸家，
薇叶我到了阴间也不死心。

接亲的轿子经过木摩史家老房子，

播勒薇叶叫轿夫把轿停。
她带着丫鬟眉萨来到木荷家，
看到木荷正满脸愁云把闷酒吞。

薇叶抹把眼泪叫一声木荷哥，
我今天就要成咸家人。
我停了轿子来看你，
再向你哭诉你我一段情。

“木荷哥哟，
天上他打雷一声声，
打不断你我一世情。
今生不能得婚配，
下世我还是木家人。

木荷哥哟，
安总管他位高权重心肠狠，
我阿爹怕他像小鸡怕老鹰。
阿爹怕他是怕丢掉官帽子，
我怕他是怕他害我心上人。

木荷哥你虽然已经退了婚，
咸汉章官居骂色却是个黑心人。
如果你还在新彰住，

我怕他又抓你进牢门。

木荷哥哟，

这新彰城里你再也不能住，

你要远走他乡去攻读书文。

安总管咸汉章他们找不到你，

你以后去朝中考功名。

木荷哥哟，

我今天带来三百金，

我今天带来三百银。

金银资助你走他乡，

远离新彰躲过黑心人。

木荷哥哟，

你我今生难成婚，

你不要总把我记在心。

等你哪天考功名中了举，

再找一个合心人。”

木荷含着眼泪听心声，

无限悲伤把话明。

你我姻缘由天定，

从来由命不由人。

“薇叶妹哟，
世上的鸟儿配成双，
为何你我婚配难上难？
父母为我们七岁定了亲，
偏偏我木家又遭苦难。

阿爹为官被奸人害，
父母过世我好孤单。
外公把我抚养到十三岁，
他又一命归西我泪难干。

薇叶妹哟，
你阿爹阿妈怕那安管家势力大，
逼我退婚把你嫁给咸汉章。
我知你是父母之言难违背，
我知你是有苦难言为我着想。

薇叶妹哟，
我收下你纹银三百两，
我要离开新彰这个鬼地方。
我外公有个好朋友，
他在省城书院当先生，

我过几天就去投奔他，

在省城书院读诗书。

等几年我再把功名考，

不辜负今生你我好一场。

薇叶妹哟，

我桌上就有酒一壶，

我们拿两个酒杯把它干。

我们喝了这交杯酒，

就好比夫妻双双拜了堂。”

木荷与薇叶喝了交杯酒，

接亲的头目闯进房。

他吩咐手下快扶新娘上轿子，

不要误了好时辰。

以死抗争

接亲的轿子出了门，
薇叶的决心已下定。
她原想刀割手腕在轿子上，
但又怕那样会连累父母亲。

连累父母她还不太怕，
毕竟父亲是个官家人。
安总管不敢随便加罪他，
顶多是降他官职两三级。

她怕的是咸汉章起黑心，
派兵抓木荷进牢门。
她刚才停轿去木荷家，
她割腕自尽咸家会追根。

她身上有包断肠草，

这断肠草见酒就能要人命。
她要到咸家门前再吃这服药，
让咸家背上人命官司霉一阵。

让安总管他倒霉两三载，
木荷在省城书院也安心。
父亲也从此不再怕安总管，
他们是扁担挑水平肩人。

轿子进了咸家门，
薇叶已把断肠草药一口吞。
那断肠草药要喝了酒后才发作，
她愿与那咸汉章把交杯酒一饮而尽。

薇叶下了轿子进了咸家门，
惊呆了咸家三亲六戚满堂人。
这新人哪是个彝家女，
分明是个仙女降凡尘。

众人都说世上只有杜鹃花最美，
她分明比杜鹃花要美十分！
让这样的仙女嫁给咸汉章，
就好比一朵鲜花插在牛粪上。

咸汉章是个二婚汉，
咸汉章是个无德人。
他依仗总管表哥权势大，
做事从不讲良心。

拜完天地拜双亲，
夫妻对拜礼仪成。
夫妻喝了交杯酒，
父母要送祝福声。

祝福时新娘要敬香茶，
祝福时公婆要送珠宝。
敬茶时新娘声音弱，
回礼时新娘脸色青。

咸汉章先送新娘去洞房，
怕她得罪宴会堂中众官人。
他送夫人进入洞房后，
他又回来端酒敬嘉宾。

待到酒足饭饱宾客散，
天边已亮出北斗星。
咸汉章进到洞房来，
嬉皮笑脸唤夫人。

他唤了三声无回应，
只有红烛如泪照人影。
他揭开新床红罗帐，
新娘已成阴间人！

咸汉章大叫四五声，
新房外传来一群人。
安总管派人去把郎中传，
郎中叹息说新娘一命已归西。

咸汉章新婚之夜出人命，
安总管也急得脑壳昏。
虽说他在祖摩府中权势大，
人命关天也难摆平。

他叫咸汉章送给郎中百两金，
再送给那药师百两银。
叫他们异口同声一句话，
说新娘死于心脏病。

安总管又带咸汉章到穆濯家，
说他女儿福气不好命归西。
穆濯夫妇闻噩耗，

气急攻心口喷血。

穆濯说我好好把女儿嫁你家，
她怎会一命呜呼就归西？
安总管说已请郎中看，
郎中说你女儿逝于心脏病。

安总管说人死不能再复生，
你女儿她生死都是咸家人。
咸家要为她大办丧事十五天，
要请众布摩来为她念经。

咸家要把她埋在祖坟地，
年年初一和十五去上灯。
只求你穆濯夫妇节了哀，
我们还同府为官同事奉祖摩。

穆濯夫妇难抑丧女痛，
叫管家把总管送出门。
他们夫妇千呼万唤唤不回女儿，
三天三夜饭不吞。

他们让管家去问郎中，
郎中说他女儿的确死于心脏病。

郎中劝他们节哀要吃饭，
想断肠子你女儿也是难复生！

他们夫妇悲伤慢慢减轻，
他们也不追究咸家责任。
咸家为薇叶办丧十五日，
咸家在祖坟墓地埋新坟。

薇叶伸冤

得知播勒薇叶一命归西，
桓苏木荷哭得天昏地暗。
他不信那薇叶是得了心脏病去世，
定是那安总管和咸汉章逼出人命。

他决心为未婚妻报仇雪恨，
四处搜集咸汉章逼死的罪证。
最终他得知是薇叶以死抗争，
服断肠草在咸家饮恨自尽。

饮恨自尽就抓不了咸家把柄，
因为是张穆濯主动向咸家提的婚。
木荷手提祭品来到薇叶坟前，
他要为薇叶守墓三月直到坟上草青青。

他连续三月在薇叶灵前奠酒供饭，

他每月初一和十五为薇叶新坟上灯。
他不知这三月时光转眼即逝，
薇叶的坟上芳草青青。

更奇特的是墓地前开了一树杜鹃花，
那杜鹃花上的鸟儿唱着动人的歌声。
那歌声仿佛重复着几个字，
声声唱的是重生重生又重生。

且说那播勒薇叶吃断肠草一命归西，
她阴魂不散到城隍庙里诉说冤情。
诉说她本是张穆濯家千金小姐，
自幼与那木荷定了婚姻。

那木荷的父亲被安总管陷害，
木荷父母忧郁成疾早早归西。
安总管欺负薇叶父母胆小怕事，
要他们把爱女嫁给咸汉章当续弦夫人。

薇叶心中不从但又怕安总管位高权重，
施淫威去迫害桓苏木荷这个心上人。
她被迫嫁到咸汉章家，
在婚礼上用断肠草结束了自己的性命。

只因她是自行了断，
亡灵难进阴曹地府，
只得到城隍庙里一诉冤情。
城隍庙庙主翻开生死簿看了又看，
看了半晌后叹息一声。

他说你薇叶星宿太大不归我管，
我介绍你到阴司去找阎王大神。
播勒薇叶的灵魂手持城隍庙爷的书信，
到阴司去找到那主管阎王。

播勒薇叶再把苦情陈述一遍，
阎王对她的遭遇也很同情。
阎王翻开生死簿查看半晌，
又摇头晃脑叹息一声。

你本是天上丽萨星君下凡，
我这阴司管不了下凡星辰。
你的冤情要到天上申诉，
策举祖手下有天师专管下凡星君。

我推荐你去找那主管天师，
他会给你指点迷津。
播勒薇叶的灵魂来到九重天上，

她按阎王指点找到天师大神。

天师听了薇叶一番陈述，
说她的遭遇是命中注定。
木荷与她分别是答腊和丽萨双星，
策举祖派你们投胎下到凡间。
只因你们投胎心切走得太快，
都在亥年亥月亥日亥时出生。

同年同月同日同时出生者难做夫妻，
哪怕已订婚也是婚配难成。
既然你与桓苏木荷余情难了，
策举祖准许你重新投胎再到凡间。

你重新投胎的也是个富贵之家，
但眼前却只是个卖酒百姓。
你与木荷十六年后定成婚配，
你第二世的名字叫舍吐龙英。

你重新投胎后要托梦给桓苏木荷，
叫他要先去省城书院攻读诗文。
天师我替你送给他一根灵芝仙草，
他将此仙草煮汤喝后就绝顶聪明。

他到书院读书三年能考取举人，
再过三年在京城能金榜题名。
他十六年后再到那卖酒之家找你，
找不到你就到洛尼山上问布摩老人。

布摩会把你们姻缘精心安排，
你们会苦尽甘来良缘天成。
天师说完后就挥了挥手，
薇叶的灵魂就又回凡尘。

她投胎到新彰城百里之外尚施城里，
他的父母是烤酒卖酒之人。
父亲李毅专事烤酒之事，
母亲陈氏摆摊卖酒招待客人。

托梦重生

那天夜里的月色最明，
木荷在月下喝酒三杯。
他看着圆月想起薇叶，
喝了闷酒后进入梦境。

梦境中他看到了薇叶，
薇叶向他讲述她以死抗争的事。
说她那日与他含泪告别，
便下定决心以死抗争。

“我本想在轿上割腕自杀，
又怕咸汉章追查我到你家的事情。
我在与他喝过交杯酒前服下断肠草，
死在他家让他不敢胡乱吭声。

我的灵魂去到城隍庙诉冤情，

城隍爷叫我去找阎王大神。
阎王说我是天星下凡不归他管，
让我到天上找策举祖天君。

天君叫我重新下凡投胎，
让我的二世与你再续前缘。
我投胎到湖高的尚施城里，
父亲叫李毅母亲姓陈。

我父母住在尚施城酒肆里，
天师说他们是有大福之人。
眼前虽是个卖酒平民百姓，
以后却会是一方彝君祖摩。

你三月后到尚施城里找我，
酒肆中有家女儿啼不住声。
你佯装买酒去看那个孩子，
说你能治好她的啼哭之病。

你抱着二世的我左走三圈右走三圈，
二世的我会对你先哭三声后笑三声。
你随后说你给二世的我取个名字，
你取的名字就叫舍吐龙英。

仙师还叫我转告你一定要考取功名，
他替我送你灵芝仙草一根。
这仙草就在我坟前的杜鹃树下，
你挖来熬水喝后就绝顶聪明。

你到书院读书三年后能考取举人，
你到京城殿试会金榜题名。
金榜题名则为进士，
皇帝会亲自任命你为翰林。

当年你父亲的摩史是祖摩阿纪任命，
祖摩阿纪的领地不过是几个县域。
你的翰林是皇帝任命，
皇帝他才是真正的天下至尊。

皇帝的江山有千万平方，
皇帝治下有几千个县域。
彝山的祖摩只管皇帝治下的一块地方，
你不用操心父亲的事影响你的前程。

你十六年后再来尚施酒肆找我，
找不到我就到洛尼山上问布摩。
我们的缘分由上天注定，
我与你定会再续前缘。”

播勒薇叶说罢悄然而去，
远处传来了雄鸡报晓声。
梦中的情景历历在目，
木荷用纸笔记下梦到的详情。

桓苏木荷次日来薇叶墓地，
想验证梦中的情景是真是假。
他到那盛开的杜鹃花树下仔细查找，
果然有一株灵芝草长得十分茂盛。

他把那灵芝草精心挖了出来，
那杜鹃花树上的鸟儿又传来歌声，
声声歌唱似乎在重复一句话语，
那话语分明是两个字聪明聪明。

木荷按梦中提示将灵芝草熬成汤，
他的住房里顿时满溢出阵阵芳香。
他把那灵芝草汤一连喝了三天，
只觉得浑身是劲满脑清新。

木荷取名

他把阿爹留下的诗书读了几本，
读过一遍就能把内容全部记清。
他方知薇叶的托梦不是假的，
便决心到省城书院读书考取功名。

去书院前他还要办件大事，
要去尚施城里看薇叶的二世重生。
尚施城也是祖摩阿纪家的封地，
但它比不上新彰繁荣昌盛。

木荷按梦境来到尚施北门，
到酒肆里佯装买酒之人。
看见酒肆老板娘抱个女儿，
那女儿啼哭不止让人烦心。

木荷上前向老板娘轻言询问，

说你怀中的女儿是否生了病？
她为何这样啼哭不止？
哭出的声音已是嘶哑声。

老板闻言从后屋一声长叹，
说不知我女儿得了什么怪病。
她出生三月就整整哭了三月，
找多少名医都查不出病根。

木荷闻言把酒老板仔细观望，
他的格局气宇不像个卖酒之人。
只见他天庭饱满地阁方圆，
一双眼睛更是格外有神。

木荷问老板是不是名叫李毅？
又问他老板娘是不是姓陈？
还问他女儿是不是取了名字？
她的名字是不是叫舍吐龙英？

老板说他本人名字就叫李毅，
他夫人果然也是姓陈之人。
只是她女儿还未取名字，
布摩说会有贵人为她取名。

木荷说你把女儿让我抱抱，
我能治好她啼哭不止的病症。
她不哭后我给她取个名字，
看我是不是布摩说的贵人。

桓苏木荷从老板娘怀中接过孩子，
孩子在他怀里哭了三声后笑了三声。
笑了三声后那孩子不再啼哭，
木荷知道她果然是薇叶重生。

木荷按梦境为她取了名字，
朝着她连呼三声“舍吐龙英”。
那孩子听到名字后咯咯发笑，
圆圆的脸蛋上喜气盈盈。

酒老板夫妇见此情景十分高兴，
看来这小伙子就是女儿的贵人。
他们问桓苏木荷是哪里人士，
还问桓苏木荷是不是个读书人。

木荷告知自己住在新彰城里，
十三岁就考取了秀才功名。
如今他要去省城书院再读诗书，
过几年要去考举人进士。

酒老板夫妇十分高兴，
感谢他为女儿治了怪病取了芳名。
他们要女儿拜木荷做干爹，
木荷连连摆手说万万不能。

木荷心想你女儿是我前妻投胎，
我与她还要再续前世缘分。
他本想把薇叶托梦之事向他们表明，
但又觉得泄漏天机会有损他们缘分。

他对酒老板说我木荷今年只有十四岁，
哪里能当你女儿的长辈人。
要拜也只能拜个干哥哥，
十六年后我来看你们二老和妹妹。

酒老板说木荷秀才真是个读书人，
把辈分与天下大事看得清。
我就让女儿拜你做个干哥哥，
我祝你早日考取举人进士大功名。

酒老板有个朋友叫赵文龙，
赵文龙麻衣相术格外精。
他请赵文龙来陪木荷喝杯酒，

见证他是女儿干哥哥和贵人。

赵文龙把木荷相貌仔细看，
连称这哥哥是天降文曲星。
你若几年后去京城考进士，
一定能夺得好名次。

木荷求学

省城书院办在黔灵山下，
书院不大却很有名。
掌院先生曾是五品京官，
因直言进谏得罪权臣。

一道诏令把他贬到穷乡僻壤，
省城书院聘他做个掌院先生。
先生在省城书院讲学三年，
他的名声传遍四方八岭。

木荷在书院读书三年，
先生的学问他已了然于心。
他参加乡试后考取了举人头名，
播勒阿热也与他一起金榜题名。

播勒阿热与播勒薇叶同一个彝姓，
桓苏木荷与他建立了深厚友谊。

他们同时上榜时同发一声“啊闷闷”。
“啊闷闷”是彝家人高兴时的感叹之声。

他们相约来到一家酒馆，
要两壶好酒一起举杯同庆。
播勒阿热在酒后说出一个故事，
这故事让桓苏木荷听得暗暗心惊。

阿热说播勒家也曾是彝家祖摩君长，
他家崩败缘于得罪朝廷的统兵将军。
那将军掌握着朝廷的十万雄兵，
他要让播勒家两月内献出十万白银。

播勒家把自家的困难上奏皇上，
皇上却万分偏袒那位统兵将军。
他说那将军正率部队征剿前朝余孽，
向他保障供给是土司家应尽的责任。

播勒家说不出话拿不出钱，
朝廷便免去了他祖摩家的世袭土司。
好在朝廷对他家也不算赶尽杀绝，
允许他家子孙去参加科考考取功名。

阿热是播勒家第十代长子，

他八岁起就到书院攻读四书五经。
但他对诗书提不起任何兴趣，
读了十年才考取个秀才童生。

考秀才那天他遇到一桩奇事，
在去考场的小路上遇到个美丽的女子。
那少女的眉毛好似十五的月亮，
那姑娘的眼眸好似天上的星星。

那女子送给他一颗绿色的珍珠，
说把那珍珠吃后会让他变得绝顶聪明。
他不仅会轻轻松松考取秀才童生，
还能够顺顺当当地考取举人进士。

他将信将疑地将那珍珠吞进肚里，
顿时觉得自己神清气爽精神百倍。
他询问那姑娘是谁家女子家住何处，
她答道你先快去考场考取功名。

姑娘说你考完秀才再来找我，
找不到我也会看见我的踪迹。
他到了考场一看那些考题，
轻松考好全不费半点工夫。

他考完试来到故地找那位姑娘，
只见一池荷花开得格外芳香。
他在荷花池边一连等了三天，
每天都从太阳初起等到月儿东升。

等不来恩人的日子实在难熬，
转眼间就过去了半个月光阴。
等不到姑娘他却等来秀才发榜，
他居然考取了秀才童生第一名。

播勒家虽然衰败但仍有深厚根基，
播勒阿热家府邸仍是五重朱门。
后花园里的荷花正在尽情开放，
就像遇见珍珠姑娘的池塘一样芳香。

播勒阿热当晚做了一个怪梦，
那送珍珠的姑娘进入他的梦境。
姑娘叫播勒阿热不要再去找她，
说他俩不是一个世界的人。

姑娘我是九天之上的荷花仙子，
阿热你是播勒家的一个落魄书生。
我把这聪明珠送你也算缘分，
他能给你带来三十年的文运官运。

你考了秀才再去考举人进士，
聪明珠会保你事事如意步步高升。
怕就怕你做了高官后会迷失本性，
那样你就会成也聪明败也聪明。

说完话珍珠姑娘变成了一片荷叶，
转眼间融进了荷花池中的花丛。
阿热从美丽的梦境中醒了过来，
声声鸡啼唤醒了古寨的黎明。

阿热到荷花池边看了又看，
朵朵荷花对他都一样温馨。
阿热满怀希望进了省城书院，
与桓苏木荷师从一个先生。

百名同窗中就数他俩学问最好，
但他们总改不了彝乡土音。
这土音常让他们受到他人嘲笑，
他们依旧我行我素从不改变本性。

现在他们又一起考取同榜举人，
就好比千里彝山飞出两只雄鹰。
他们在小酒馆中共饮美酒举杯欢庆，

阿热把自己的传奇际遇说给好友听。

桓苏木荷他听罢这段故事后惊诧莫名，
想起自己也曾有薇叶托梦的仙草一根。
那灵芝仙草与阿热的聪明珠何等相似，
看来他们都会是有大造化之人。

木荷取进士

没有见过大海的人，
不知大海的浪高水深；
没有见过大山的人，
不知雄鹰的展翅高飞。

进士考试就好比那山高海阔，
三千举人与贡生只取进士百名；
进士为官就像那大山里的雄鹰展翅，
要经得住风雨才会有更好前程。

桓苏木荷与播勒阿热聚首京城，
会馆里又传来“啊闷闷”的感叹之声。
他们是第一次进京科考的彝家举人，
他们是两只飞出大山的彝山雄鹰。

他们都对自己的才华自信满满，

都相信能脱颖而出金榜题名。
只是在那即将开考的前三天夜晚，
有一个怪梦扰乱了播勒阿热的心境。

他梦见一顶草帽挂在竹林之上，
又梦见他家寨前的石桥垮了桥墩，
还梦见一只母鸡在他桌前绕了三圈，
居然像雄鸡一样发出报晓之声。

播勒阿热醒来后头脑昏昏，
眼前总浮现出梦中的情景。
阿热他次日心情格外不好，
要了一壶老酒独自闷吞。

桓苏木荷见好友心情郁闷，
便来到桌前问他是何原因。
考试的时间眼看就要到来，
你不可独喝闷酒独自伤身。

播勒阿热向桓苏木荷诉说昨夜梦境，
叹息道金榜题名或已与他无缘。
竹子挂帽预兆着功名已经高挂，
桥墩垮塌好比他播勒家被贬为平民。

母鸡打鸣更是民间传说的不祥之兆，
预示着主人家以后只有女儿没有男丁。
木荷见好友说得这般灰心丧气，
便用另一番解释来宽慰他的心。

他说道兄长你切莫忧心郁闷，
你这个梦境是策举祖送来的福音。
桥墩垮塌说的是你将身负重任，
竹林挂帽说的是你会步步高升。

母鸡打鸣说的是你将身份大变，
将会脱去褴褛换来紫袍加身。
木荷的话语情真意切句句诚恳，
阿热他听后也觉得周身热血沸腾。

阿热也没有把此话句句当真，
但这番话的确让他改变了心境。
他倒两杯好酒与木荷一饮而尽，
说一声“谢兄金言，让我们都金榜题名”。

七天后他们满怀信心参加会试，
考试由礼部主持进行。
科场里设了三十个考场，
每个考场里有考生百名。

三千考生来自全国的四面八方，
他们都是举人中的精英。
三千考生中只取三百人为贡士，
其中能取贡士者更是精英中的精英。

会试的考场格外威严庄重，
每个考场都有禁军把守大门。
会试的考题中要写一篇策论，
策论的主题是纵谈治国安民。

策论的题目由皇帝亲自审定，
他要从优秀的考生中选出治世能人。
那年的论题叫“修身治世与治国安民”，
木荷与阿热文笔优美见识超群。

只因为他们两人是同一老师的弟子，
治国安民是他们先生的学问核心。
他们都得到了先生的悉心教导，
他们在理解上自然会见识超群。

他们主张把教化与为官适度分开，
教化用圣贤之道为官以务实为本。
他们的文章娓娓道来各有千秋，

改卷子的考官给他们打了特等高分。

木荷和阿热考完试后回到客馆，
每日里吟诗作对只等那发榜佳音。
那一日他们正吟诗饮酒畅叙友情，
客馆外传来阵阵锣鼓笙歌之音。

他们走出门外探看究竟，
几名官差向他们报告了发榜喜讯。
告知他们都高中贡士，
一月后皇帝亲自面试提问他们。

天上的至尊是策举祖，
人间的至尊是皇帝。
策举祖住在九重天上，
皇帝住在紫禁城中。

策举祖掌管着天上人间福禄寿喜，
皇帝主管宦海官员的升降浮沉。
那一天皇帝坐在金銮殿龙椅上，
对初选入围的新科贡士当面提问。

木荷和阿热在贡士中排名位居前列，
他们的文章比前五名贡生还要高明。

皇帝问他们既然有这般诗书学问，
考进士为何还要用四个字的彝名。
他们双双向皇上说明原因，
并说彝乡有不少家族已改用汉姓。
他们两家汉姓分别姓木姓黄，
用彝名科考是他们想让彝乡弟子也爱功名。

彝乡的土司从来是世代承袭，
土司府的官员也由祖摩家宗亲担任。
他们为官只讲出身不讲本事学问，
彝山的后代就不知天外有天不喜功名。

如果我们用彝名考取举人进士，
彝家的后代就会向我们看齐奋发上进。
他们就会主动学习儒家诗书礼仪，
有更多的人会像我们一样来考取功名。

皇帝听了他们的解释后格外舒心，
想不到彝家弟子也会有这样的胸襟。
他圣笔朱批把桓苏木荷点了一甲进士，
下旨任命他到翰林院当了六品翰林。

播勒阿热也被点了甲榜进士，

外放黔省做了七品县令。

只是他们为官后不再用四字彝名，

只称为木荷翰林和阿热县令。

再寻薇叶

朝中翰林的名声虽然十分好听，
初为翰林的日子还须慢慢适应。
别看翰林官阶六品高过县令，
但他在京官中却只是个办事之人。

桓苏木荷听从皇上建议改了汉姓，
官场中只以木翰林相称。
木翰林最初的工作是编写史书，
后来才参加起草皇帝诏令。

当朝皇帝为人勤政又喜标新立异，
每天卯时便要大臣们入朝议政。
木翰林每天都要负责朝议记录，
然后再起草文件下发执行。

起草朝廷文件比不得才子散文随笔，

一字一句都要求准确严谨。
好在木翰林天性聪明谙熟为官之道，
很快就把京官的办事法则了然于胸。

他兢兢业业做好分内之事，
他的敬业精神受到上司的肯定。
他的职级也在不断提升，
十年间就从编修升到掌院翰林。

掌院翰林在朝中已是高官，
他的官阶是堂堂京官三品。
三品京官若外放地方任职，
他便可成为地方大员掌管要务。

他在朝中有自己的秘书和随从，
他在京城有自己的府邸和仆人。
他在朝堂可向皇帝上呈奏章，
他在翰林院掌管着下级官吏的命运。

在朝中木翰林左右逢源，
他成为名震朝野的青年才俊。
名声在外也会惹来烦恼，
不少达官贵人都请媒人向他提亲。

这些达官贵人的女儿都如花似玉，
木翰林成了多少千金小姐的梦中情人。
木翰林全都谢绝了他们的好意，
他忘不了薇叶亡灵托梦时与他的约定。

他忘不了薇叶托梦时说的日子，
说过她年满十六就能再续前缘。
约定的日子即将到来，
他向皇帝请了三个月假期。

他请假说的是要回家探亲，
皇帝要他早去早回不要误了朝中政务。
皇帝要派三百卫士把木翰林护送，
要他乘八抬大轿衣锦还乡尽显威名。

木翰林谢绝皇帝好意只选三匹快马，
再选两个忠诚卫士一路前行。
他说为官之人私事不可高调张扬，
那样做会惹怒百姓有负皇恩。

皇帝对他的低调十分满意，
叫他选良辰吉日早些起程。
木荷骑着快马带着卫士，
两个月后来到了尚施小城。

木荷来到当年的尚施酒肆，
却不见李毅一家半点踪影。
只见那木楼前面依然飘着酒旗，
但酒店的老板早已换了他人。

木荷问那老板可知李毅一家去处，
老板说他从没听说过李毅的姓名。
木荷访遍尚施城大街小巷所有酒肆，
都访不到李毅一家的行踪音讯。

那一日他寻访不遇后回到旅店，
买一壶好酒与两个卫士闷吞。
他喝完闷酒昏昏睡去，
播勒薇叶的灵魂又进入了他的梦境。

薇叶说她再生父亲本是乌撒君长之后，
狠心兄长当了君长后把他贬为平民。
还把他们夫妻赶出家乡到尚施卖酒，
天君策举祖叫我到他家投胎。

他那狠心的兄长暴虐无道，
把百姓当猎物在山中任意猎杀。
百姓造反后杀死那无道君长，

彝山请李毅回乡当了新君长。

你若要知我们一家现在情况，
你若想与薇叶再续前世之缘。
你就要到洛尼山上问布摩，
他知晓我们的缘分是由天注定。

薇叶说到这里后悄然而去，
雄鸡报晓唤来尚施城的黎明。
木荷醒来后回味着梦中情景，
决定到洛尼山上询问布摩。

洛尼山奇遇

木荷选了个良辰吉日，
木荷带了个随从亲兵。
他要不远千里去洛尼山拜访布摩，
去问那个播勒薇叶托给他的梦境。

桓苏木荷的坐骑是匹枣骝马，
那马跑起来就像腾云驾雾。
木荷几天就来到乌蒙山，
木荷吉日来到了莫作村。

莫作村里无炊烟，
乌蒙岭上无行人。
木荷鞭马欲过岭，
刺芭林里钻出一群人。

木荷以为碰上“棒老二”，

他的卫士飞身跃马把刀横。
众人忽然伏在地，
凄凄惨惨说缘由。

乌蒙山原本水草丰茂，
莫作村原是牛羊肥壮。
不知得罪了哪方妖怪，
不知得罪了哪方神仙。

天干三年不下雨，
草木枯死牛羊瘟。
莫作村就遭了难，
乌蒙山中人吃人。

昨天半夜仙翁来托梦，
叫我们今天在此等贵人。
贵人要到洛尼山问大事，
请他把我们之事问一问。

桓苏木荷听了这番话，
桓苏木荷暗自心中惊。
莫非那播勒薇叶托梦事，
到洛尼山上真的能问清？

木荷他取出银两，
把银子送给伏地的众人。
要他们拿去买米，
不要因灾饿死人。

木荷告知众灾民，
说他要去洛尼山上问事情。
愿帮他们把事情问，
看他们得罪了哪方神。

众人哭声悲切切，
声声感谢大贵人。
桓苏木荷催马去，
白云悠悠响马铃。

如龙宝马四蹄飞，
桓苏木荷纵马行。
两天后来到了白杨箐，
月朗风清好迷人。

两只岩鹰飞过来，
马前伏地变人形。
变人岩鹰说人话，
木荷听后也动情。

“我们夫妇是山精，
白杨箐中苦修行。
不知得罪哪方怪，
不知得罪哪方神。

三百年才下一个蛋，
孵了三百年还不见有小鹰。
昨夜仙翁来相告，
说今天我们要遇大贵人。
贵人要到仙山问大事，
托你把我家事情一起问。”

木荷听后更吃惊，
卫士吓得三魂少两魂。
卫士见岩鹰会说话，
还把自己的事托付给木翰林。

木荷对岩鹰说一句：
“我愿把你家事情一起问。”
山精变换人形成岩鹰，
双双飞过半天云。
桓苏木荷催马过白杨箐，
清风拂面送温情。

星星遁去月儿落，
木荷翻过九十九个坡。
他扬鞭催马来到了水淹坝，
水淹坝旁边有条雅洛河。

雅洛河宽三百丈，
恶风吹浪起风波。
一条老龙乘浪来，
嘴上长着龙须头顶龙角。

老龙的大口如铜盆，
老龙的双眼如铜铃。
老龙开口说着人话，
雅洛河上响着回声。

“我在此地苦修了一千年，
天公他赏罚不分明。
好多恶龙作恶多端升天上，
我积德行善依旧留在凡尘。

昨夜仙翁来托梦，
说今天叫我在河上渡贵人。
贵人要到洛尼山上问大事，

请你把我的事情一起问。

问我得罪了哪方怪，
问我得罪了哪方神。
贵人肯帮忙我就渡你，
贵人不愿帮你就走他处。”

桓苏木荷已经历前两事，
这回是见怪不怪心不惊。
他说帮别人就是帮自己，
你的事情我愿意帮你问。

老龙闻言乐呵呵，
龙身化成一座桥。
木荷和卫士催着快马，
轻松过了雅洛河。

木荷回头谢老龙，
快马如飞耳生风。
木荷别了老龙去，
又越过高山九万重。

布摩指点迷津

桓苏木荷来到洛尼山，
他仿佛已到天尽头。
彩霞铺满九十九条路，
不知布摩住在哪条路上哪栋楼。

木荷选定正中间那条路，
下马步行走过竹楼，
竹楼边遇见一位老者，
手持竹杖晃悠悠。

木荷拱手弯腰行过礼，
轻言细语向老人开了口。
说他要到洛尼山上拜见布摩，
请问找布摩的道路该怎样走？

老人手抚长须说了话，

说后生你有问题就尽管开口。
我就是洛尼山上的老布摩，
答完事情后我要出门云游去。

布摩还说所问的事不可超四件，
先人后已给我说出根由。
桓苏木荷一听心头大喜，
好比春风散去一天的愁。

“我来时经过莫作村，
莫作村里有灾情。
天干三年不下雨，
请问得罪了哪方神？”

布摩数着指头细细掐算，
布摩算罢脸上笑盈盈。
他说那村头有口枯水井，
井中有颗夜明珠重三斤。

明珠宝气冲了龙王庙，
龙王发怒要整治这方人。
叫他们把那宝珠送给你，
龙王自会降甘霖。

看见一事有着落，

木荷接着问事情。

他说来时经过白杨箐，

一对岩鹰托我把事问。

“它们三百年才下一个蛋，

孵了三百年还不见小岩鹰。

不知他们得罪了哪方怪？

不知他们得罪了哪方神？”

布摩又数起指头细掐算，

说有株千年灵芝草在它们窝边生。

叫它把灵芝草送给你，

转眼之间就会生雏鹰。

桓苏木荷又询问，

说雅洛河龙王有冤情。

好多恶龙无道升天去，

为何它苦修千年还在凡尘？

布摩掐指又一算，

就怪它嘴上那条长龙须。

让它把那龙须送给你，

老龙立马能飞升。

问了别人之事后问自己的事，
木荷说得泪满襟。
我父原本是新彰城里的老摩史，
自幼他给我定了娃娃亲。

未婚妻是穆濯女，
播勒薇叶是她名。
后来我父亲被安总管所害，
安总管还乘机逼死我母亲。

张穆濯怕受牵连逼我把婚退，
我孤孤单单成了可怜人。
安总管表弟名叫咸汉章，
他逼死我的未婚妻播勒薇叶。

播勒薇叶死后亡灵来托梦，
说她已投胎到别家。
要我十六年后到洛尼山上问布摩，
布摩会指点她二世与我重续前世缘。

布摩听罢哈哈大笑，
说你们两个真是痴情人。
他说罢拿一把金钥匙，

说这钥匙上面有玄机。

乌撒君长家有个木盒子，
要你这把钥匙去开盒门。
木盒中装有天机锦文一段话，
你打开木盒后就会知详情。

不等桓苏木荷再发问，
山上传来钟鼓两三声。
老布摩手持竹杖飘然去，
此地空余紫竹林。

布摩他飘然出门去，
木荷他骑马转回去。
他决定先去告知他人事，
再到乌撒君长家开锁问原因。

来如风火去如云，
桓苏木荷转回程。
两天走到雅洛河，
老龙踏波破浪迎。

老龙开口问木荷，
我到底得罪了哪方神？

木荷传了布摩的话，

老龙听了细沉吟。

它说我平生最爱这根须，

养了一百多年才养成。

如果那布摩果然如此说，

我剪下龙须送给你。

如果你说的是假话，

小心老龙我一口把你吞。

天公既然如此亏待我，

我不在意多吃一个人。

老龙说罢剪下了龙须，

剪下龙须后便见天开门。

老龙他踏着彩云升天去，

龙须送给木荷大恩人。

告别老龙后拍马狂奔，

木荷来到了白杨箐。

岩鹰它飞到马前来，

问它们为何孵不出小岩鹰？

木荷传了布摩的话，

你们窝前有一根千年灵芝草。
灵芝仙气浓郁冲神蛋，
自然就孵不出小岩鹰。

岩鹰半信半疑去拔灵芝草，
马上就见小鹰破蛋生。
岩鹰夫妇伏地谢恩人，
灵芝草送给木荷作礼物。

木荷与卫士策马前行，
三天奔驰后来到莫作村。
一众灾民走出村来，
问他们得罪了何方神。

桓苏木荷传了布摩的话，
说你们得罪的是龙王神。
村前有口枯水井，
井中有颗重三斤的夜明珠。

明珠宝气犯了龙王庙，
龙王要惩治你们这方人。
你们把明珠取来送给我，
你们这方就能年年风调和雨顺。

众人到枯井中挖去三尺泥，
挖到一颗夜明珠果然重三斤。
灾民手捧夜明珠出枯井，
天上传来了惊雷声。

惊雷过后甘霖到，
灾民个个喜得眼泪飞。
他们手捧夜明珠送恩人，
桓苏木荷拍马转回去。

桓苏木荷在马上细沉吟，
想不到这寻梦路上有天机。
他此去草海之滨乌撒家，
还不知能否圆了梦。

相思病

走了一城又一城，

木荷心事好沉闷。

不知那今生情缘能否定，

就像那水上浮萍没有根。

走了一湾又一湾，

抬头望见火烧山。

火烧芭茅心不死，

不见梦中情人心不甘。

罩雾迷茫看不见天，

木荷来到乌撒小城边。

小城边上人喧闹，

木荷牵马来到城门前。

城墙上面贴榜文，

榜文出自乌撒家。
君长家有一公主，
舍吐龙英是她名。

舍吐龙英生来坎坷多，
出生后连哭三月不住声。
有个贵人为她改名字，
她才停下啼哭不出声。

舍吐龙英七岁时，
连病半年天天把药吞。
洛尼山上布摩来算命，
布摩送了个宝盒给她让她亲。

舍吐龙英看到宝盒病才好，
宝盒是舍吐龙英命根子。
宝盒上面有金锁，
十六岁后自有开锁人。

开锁后盒中有锦缎，
锦缎上面绣奇文。
公主按照奇文结婚配，
她的良缘一世由天成。

舍吐龙英长到十六岁，
花容月貌盖过一方人。
很多公子王孙来提亲，
乌撒家从不答应开姻亲。

他家一心一意要等开锁人，
舍吐龙英的姻缘天注定。
谁知开锁人至今等不到，
公主她半年前患了相思病。

乌撒家求遍天下名医，
无一个能治乌撒家公主的病。
乌撒家到洛尼山上求布摩，
布摩开出的药方真稀奇。

一要千年灵芝草，
二要龙王口上须。
三要三斤夜明珠，
四要开宝盒的金钥匙。

这样的神药天下无，
舍吐龙英的病体日渐沉。
乌撒家含泪写告示，
告诉彝山百姓天下人。

谁能寻得四件宝，
谁能治好公主病。
愿把江山让给他，
让他做乌撒的君长。

告示贴了两月半，
不见半个揭榜人。
告示贴满三个月，
木荷来到乌撒城。

木荷正好有这四件宝，
木荷他暗自心中喜。
薇叶托梦说她已到乌撒家，
莫非她的二世就是乌撒家千金？

木荷越想心越惊，
莫非这一路奇遇都是天注定？
他打定主意去看公主，
揭了乌撒家黄榜文。

众人见木荷前来揭告示，
吓得三魂少两魂。
君长家榜文你乱揭，

身无宝贝可要丢小命！

不待众人议论罢，
城中礼炮响三声。
木荷被请到八抬大轿里，
他的卫士牵着马儿随后跟。

真相大白

木荷与乌撒君长见了面，
两人一见面更是心中惊。
君长便是当年酒老板李毅，
木翰林便是当年木荷小书生。

木荷当年为他女儿取名字，
舍吐龙英这名字一直用至今。
他们当年还拜了干兄妹，
说是十六年后要来认干亲。

如今正好过了十六年，
这中间经历了很多大事情。
君长向木荷告知别后事，
居然与薇叶托梦所说不差半分毫。

君长问木荷为何到了乌撒地，

问他为何要揭黄榜文。

他贴告示是要救女儿命，

没有宝贝要害死人。

木荷告知他去洛尼山上事，

说他正好有四件宝贝带在身。

如若他救了舍吐龙英命，

他们应是一对前世今生有缘人。

桓苏木荷闲话不多说，

让卫士把四件宝物呈上来。

众人见宝物摆桌上，

一个个惊得三魂少两魂。

君长叫管家细查验，

细看那宝物是假还是真。

他们查看后脸上露出笑容，

口里发出啧啧啧的赞叹声。

灵芝草与龙须全无假，

夜明珠也足足有三斤。

只是那金钥匙还需要验证，

不知它能否开启那宝盒。

君长让桓苏木荷随他到病房，
说那宝盒长伴公主身。
公主重病已半年，
全凭那宝盒香气来续命。

木荷他一进公主房，
一道电光降祥云。
她分明就是薇叶还在世，
哪里是乌撒家舍吐龙英病千金？

那公主一见木荷面，
半年重病顿时尽。
她一个鲤鱼打挺坐起来，
脸上飞来桃花云。

木荷看得直发呆，
君长看了直发愣。
君长叫人为公主穿戴好，
扶她到前厅见众亲人。

亲人们见了舍吐龙英面，
郎中又为公主仔细把把脉。
说公主病体已还原，
无须再用汤药来医治。

木荷说他要用钥匙开宝盒，

宝盒中确有段天机锦绣文。

锦绣文有一段话，

来龙去脉说得清。

“播勒薇叶是舍吐龙英的前世，

舍吐龙英是播勒薇叶的今生。

桓苏木荷与舍吐龙英缘分是天定的，

你们成婚后一定会多子多孙。”

众人读罢盒中锦缎奇文，

才知桓苏木荷与公主的姻缘已注定。

乌撒家君长喜上加喜，

准备三天后为他们举行婚礼。

再续前缘

乌撒家君长定了良辰吉日，
他的心中高兴之外又有几分忧愁。
喜的是公主治好了病又喜结良缘，
忧的是乌撒家江山要交给外姓人。

木荷见乌撒家君长心中闷，
说出自己身份后让他大吃一惊。
他说自己只娶舍吐龙英不做乌撒君长，
因为他是当今皇上翰林院中当差人。

他在朝的职位是掌院翰林官，
为皇上起草文章和诏令。
他的家族也曾是千年祖摩家，
用不着到乌撒家做赘婿。

乌撒君长听了这番话，

半信半疑半心惊。
说如不让木荷做君长，
他在彝山岂不成了失信人？

木荷说他会在婚礼之上说清楚，
他会向乌撒家宗亲说出自己是朝中人。
他结婚半月后就带着妻子去京城，
翰林院有多少公文要他写。

木荷与舍吐龙英的婚礼办得很隆重，
乌撒家请来了各方土目三亲六戚。
桓苏木荷向各位客人亮明了身份，
说明了他不愿做乌撒君长的来龙去脉。

乌撒家宗亲听了心中惊，
想不到木荷还是个朝中臣。
也为他不做乌撒君长暗自喜，
他们也不想把乌撒家领地送给外姓人。

桓苏木荷与舍吐龙英相亲相爱，
他们发誓要终生相爱永不分离。
半月后乌撒家派兵丁抬着八抬大轿，
送他们夫妻双双去京城。

乌撒君长用十万两银票作为嫁妆，
叫木荷在京城不要亏待舍吐龙英。
让他们用银两去买一个大府邸，
还要多请些照看府邸的丫鬟仆人。

木荷先去京城向皇帝报到，
皇帝向他宣布了新的任命。
木荷此后又回新彰，
找到薇叶墓地为其扫墓，
舍吐龙英也一起去为她扫墓上灯。
只见她的墓地旁开了两树杜鹃花，
有两只鸟儿在树上欢快地歌唱。

他们又到木荷父母墓地祭拜，
只见父墓旁边又添了两座新坟。
从墓碑上看新坟埋的是张穆濯夫妇，
墓志铭上写着生前他们对不起木摩史一家。
他们愿与木摩史夫妇埋在一处，
到祖界再去找他们诉说自己的无奈。
桓苏木荷夫妇也向新坟奠了祭酒，
他们祭奠后传来了鸟儿的歌唱。

木荷在京城做官三十五年，
朝中传遍了他清正廉洁的美名。

他们夫妻生下三个儿子，

三个儿子个个考取了功名。

他们的故事传遍千里彝山，

布摩把他们写进诗文。

他们的故事告诉千万个彝家后代，

只有坚韧不拔才能有美好爱情！

彝文转译

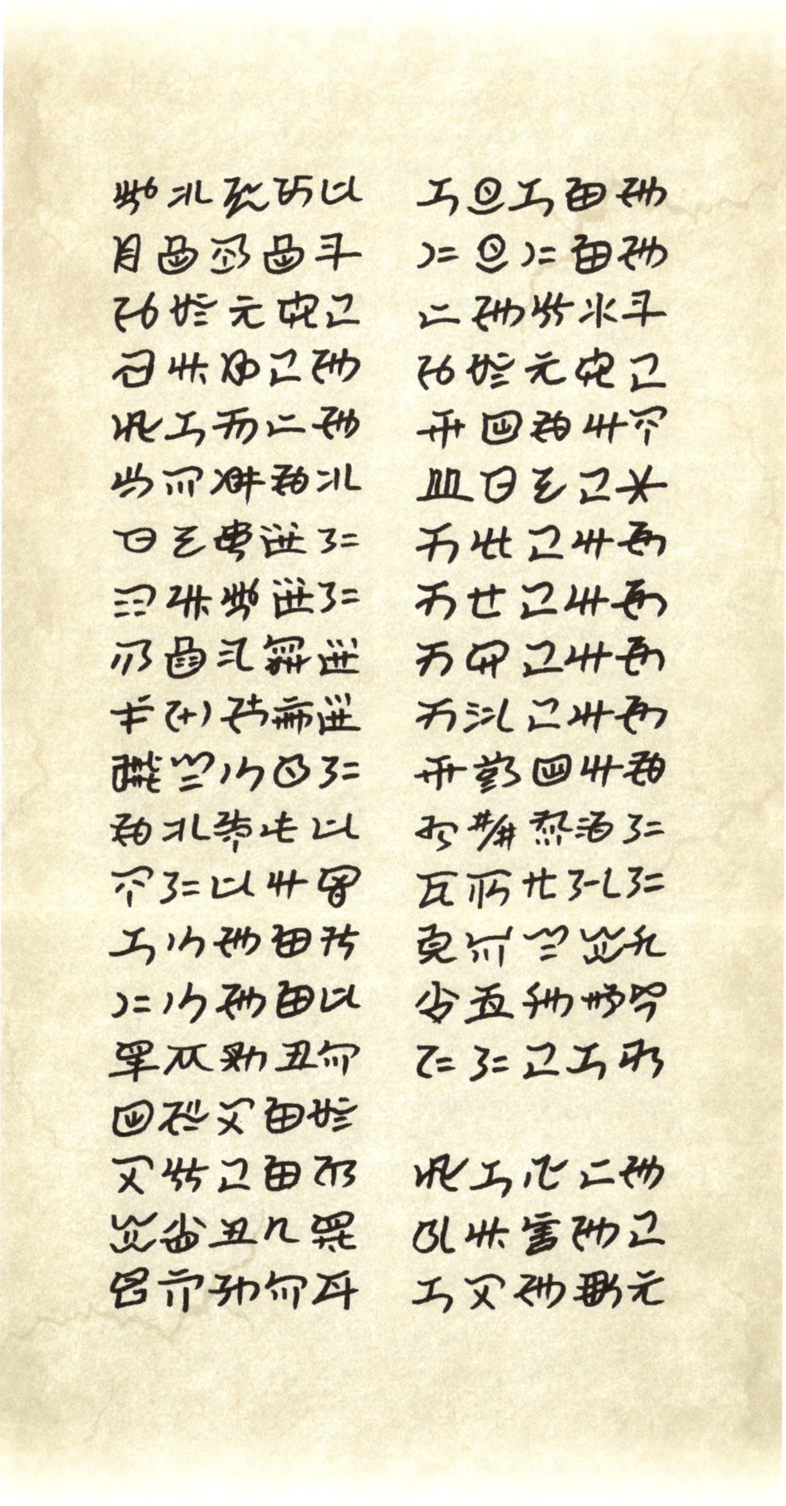

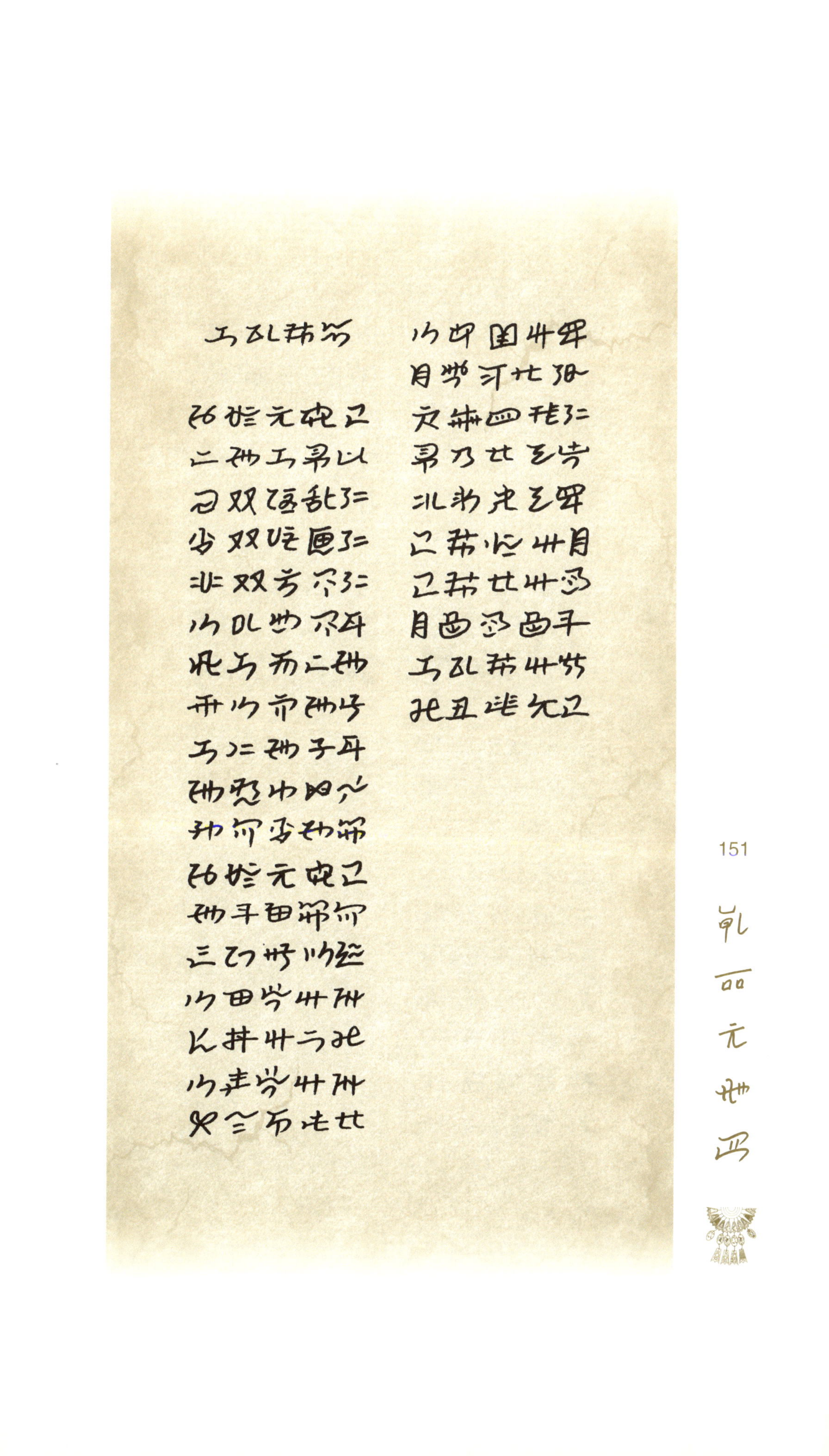

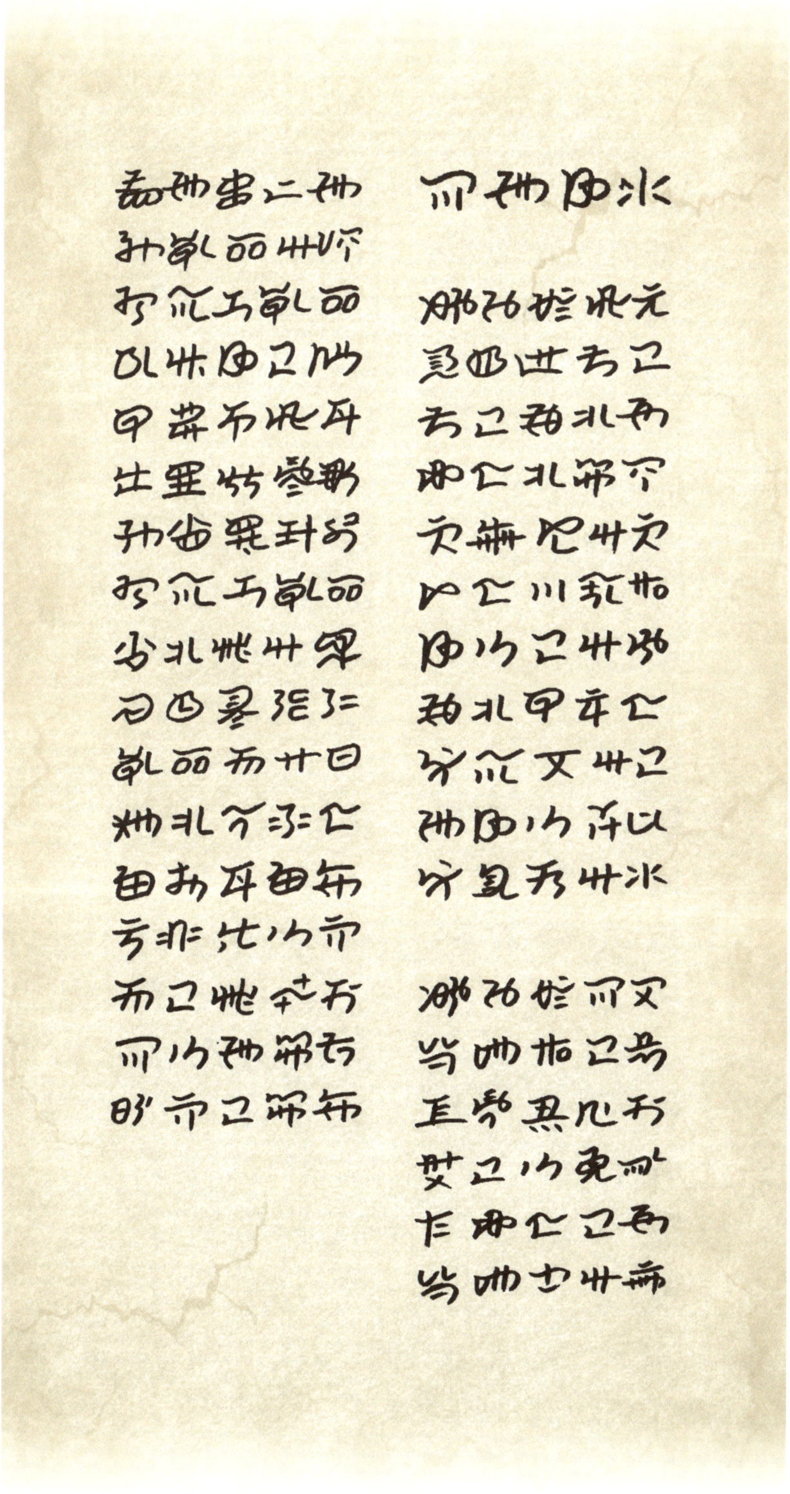

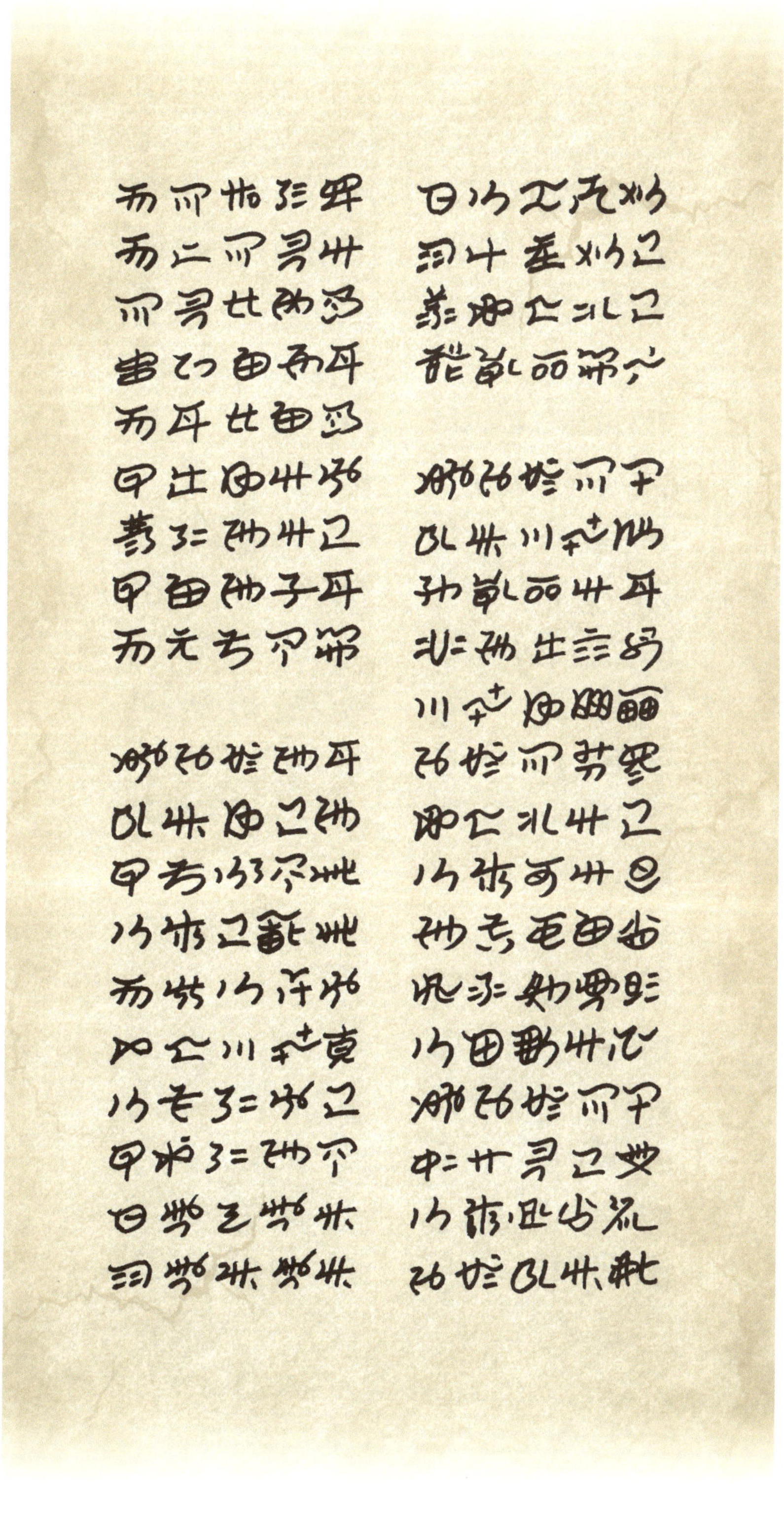

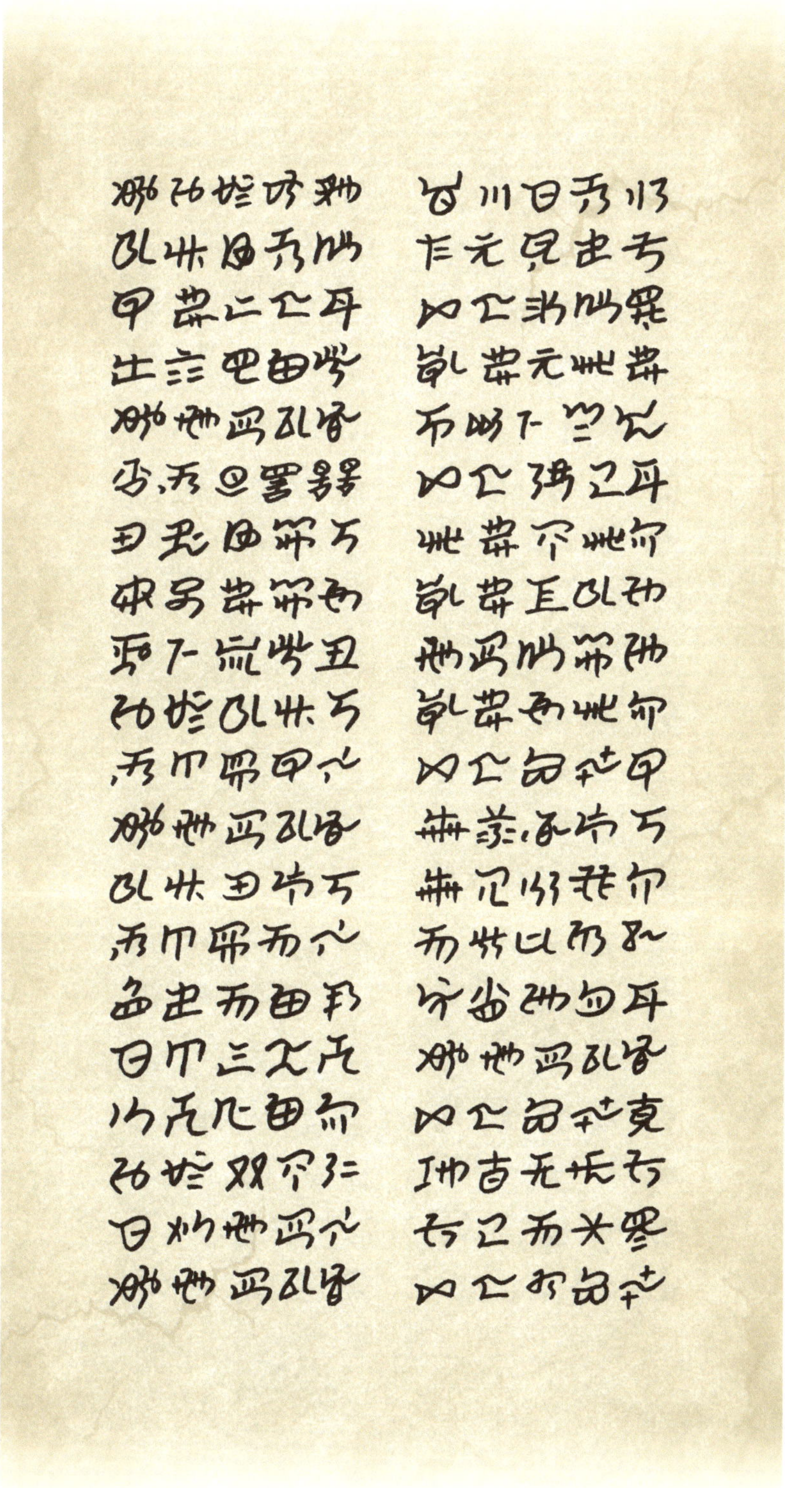

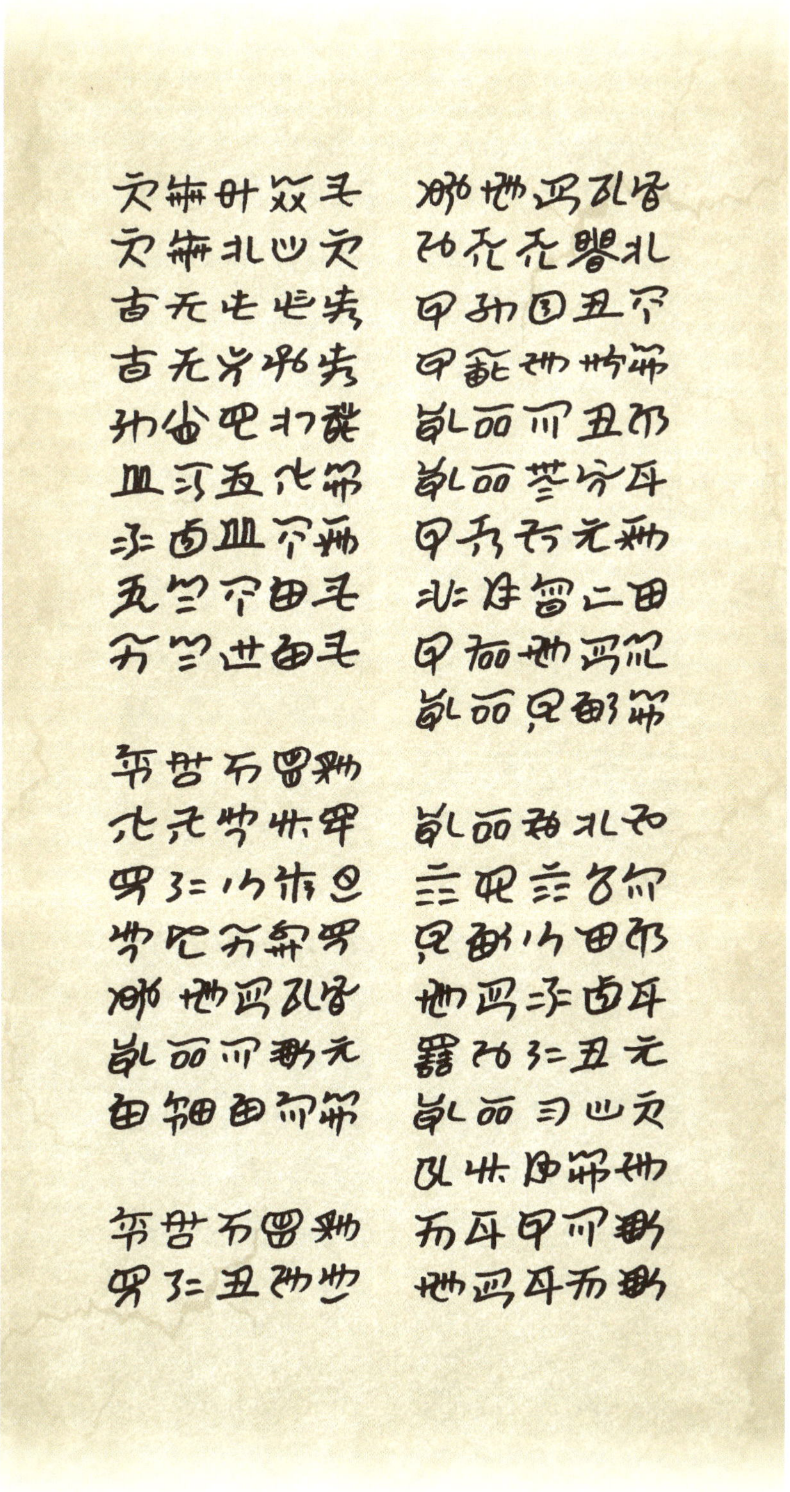

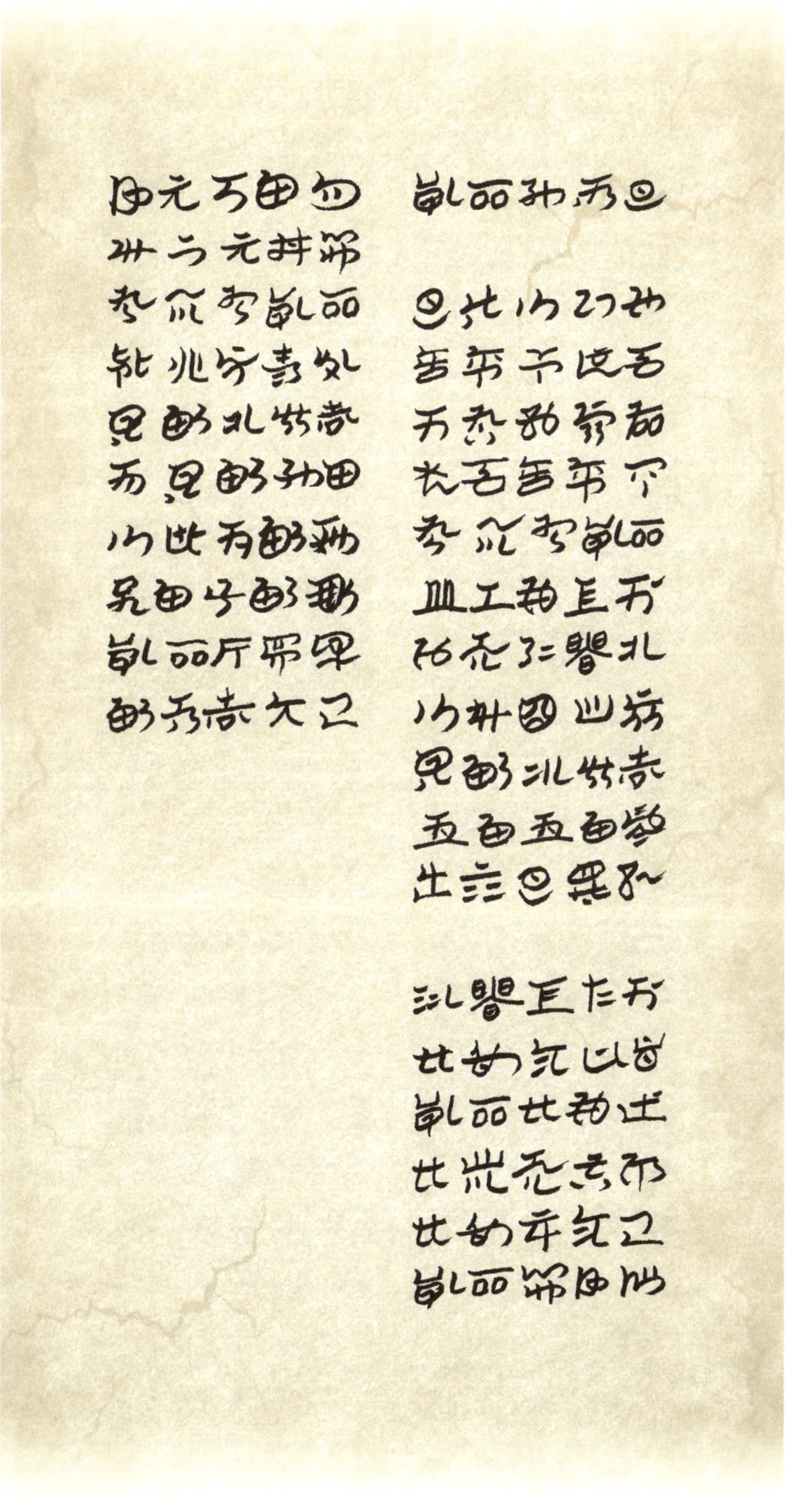